TAKE
SHOBO

私を助けてくれた脈なし
セフレ騎士様と契約結婚したら
何故か甘くなって溺愛してきます

yori

Illustration
ちょめ仔

MOON DROPS

私を助けてくれた脈なしセフレ騎士様と
契約結婚したら何故か甘くなって溺愛してきます

Contents

イラスト／ちょめ仔

私を助けてくれた脈なしセフレ騎士様と契約結婚したら何故か甘くなって溺愛してきます

MOON DROPS

プロローグ

平民街の一角にある〝まんぷく食堂〟は、今日の昼時も大賑《おおにぎ》わいだった。

夕方になるとようやくランチ営業が終わり、エヴァリーナは心を弾ませながら食堂の看板を仕舞う。

——今夜は、楽しい予定が待っている。

エヴァリーナはキラキラ輝く白金髪《プラチナブロンド》をなびかせながら、急ぎ足で帰り支度をしてオーナーの元へ向かった。

「今日もお疲れ様でしたー！」

「あ、エヴァリーナちゃん待って！　仕入れ先からサービスしてもらったけど、お店で使い切れないからあげるわ」

差し出されたのは、カゴいっぱいの食材。

覗き込むと、きのこ数種類に、トマト、丸葱《まるねぎ》、大きな芋などが入っていた。

「わあ！　ありがとうございます！」

「気をつけて帰るのよ」

もう一回挨拶をして、まんぷく食堂を出る。

人通りの多い道を通って、自宅のアパートメントに着くと、ご機嫌で二階まで螺旋《らせん》階段を上る。

（今夜は、どんなご馳走《ちそう》を作ろうかしら？）

週に一度、エヴァリーナの家には、お客様がやってくる。

いつも仕事終わりで腹を空かせた彼のために、エヴァリーナが腕をふるって料理を作っていた。

帰って早々にキッチンに立ち、鼻歌を歌いながら、手際よく食材を切っていく。

そして、次々に出来る料理をテーブルの上に並べていく。具沢山のオムレツ、ミートパイ、きのこのマリネ、温野菜のサラダ、手作りパテ……。

「ちょっと作りすぎちゃったかな？」

食材をもらったから、つい張り切ってしまった。

だが、きっと騎士である彼はぺろっと平らげてくれるだろう。

普段、氷のように冷淡な彼が、育ち盛りの少年のように食べていく姿を思い浮かべて、エヴァリーナは、くすりと笑った。

するとその瞬間、トントトンとリズムよく扉を叩《たた》く音が耳に入る。

これは彼が来た合図だ。

エヴァリーナは、エプロンを付けたまま小走りで扉に向かう。

念のため覗《のぞ》き窓から彼だと確認してから、扉を開けて抱きついた。

「いらっしゃい、マティアスっ！」

「エヴァリーナ。会って早々くっ付くな」

「別にいいでしょう。減るものじゃないんだし」

つれない態度のマティアスに、エヴァリーナは口を尖《とが》らせた。

とはいえ、今宵も彼は麗しくて思わず見惚《みと》れてしまう。

長い睫毛《まつげ》に縁取られた金色の瞳は神々しく、色気のある切れ長の目も相まって、どこか近寄りがたい雰囲気を醸し出している。

どんなお手入れをしているのか、根掘り葉掘り聞きたいほどのシミ一つない陶器肌。よく鍛えられた筋肉隆々の逞《たくま》しい身体に、白地で金糸の刺繍《ししゅう》が入った騎士団の制服が、とても似合っている。艶やかな瑠璃《るり》色の髪の毛は、襟足だけ伸ばした短髪でクールな印象だ。

表情をあまり崩さない人だけど、心根が優しいことはエヴァリーナがよく知っている。

「食事が出来てるわよ。お腹は減った？　それとも先にお風呂にする？」

「……いや、今日は隊舎で風呂に入った。早速食事をいただこう」

「ふふ、マティアスの好きなパテも作ったのよ」

「それは愉しみだ」

エヴァリーナは手馴《てな》れた手付きで、蠟燭《ろうそく》に火を灯す。

そして彼が持ってきてくれた高そうな赤ワインのコルクを手際よくオープナーで抜いて、

大ぶりのワイングラスに注いだ。

席について乾杯すると、物凄い勢いで皿から手料理が消えていく。

思った通りマティアスは、あっという間に用意した食事を平らげてくれた。

貴族だというのに、庶民であるエヴァリーナの作る家庭料理を、少しだけ頬を緩ませて食べてくれるのだから可愛らしい。

「ご馳走様。今日も美味《うま》かった」

「お口にあったようで何よりだわ」

……と、ここまではまるで恋人か夫婦のような会話だが、実際は完全なるエヴァリーナの片想いで、悲しいことに身体だけの関係なのである。

これまでいくらエヴァリーナがベッドの中で愛を囁《ささや》いてみても、まるで相手にされない。脈なしすぎて辛くなることもあるけれど、彼はエヴァリーナの秘密を守ってくれているし、週に一度はここへ通ってくれているから文句は言えまい。

「マティアス」

「なんだ？」

寂しさを隠すように、食器を洗ってくれているマティアスの頼りがいある背中に思いっきり抱きついた。そのまま彼の香りを深く吸い込むと少しは気が晴れる。

エヴァリーナは彼に腕を回したまま、甘くねだった。

「ねえ、早くしたい……」

「っ、つい最近まで処女だったくせして」

「だって、目の前にご馳走があるのに我慢出来ないわ」

「ご馳走なら食べただろう?」

「分かっているくせに」

マティアスは口では拒否しているけれど、水道の蛇口を閉めて、手をタオルで拭いた。彼が振り返ると、頰を摑《つか》まれて強引なキスが落とされる。

向こうに愛情はなくとも、この口付けでエヴァリーナの本能が呼び覚まされていく。唇が離れると銀糸が伝って、とても淫らだ。

「もう瞳がピンクに染まってる。淫魔《サキュバス》がこんなに快感に弱いなんてな」

「ん、耳、だめぇ」

耳元で意地悪を囁きながら、ぱくっと食《は》まれて、甘い痺《しび》れに身体を揺らす。

マティアスに言われた通りだ。キッチンの窓に映る、蕩《とろ》けた顔の自分と目が合うと、その瞳はいつもの薄紫色から、妖しいピンク色が変わっていた。

——ピンクの瞳は、淫魔の証。

母親が淫魔、父親は人間。

そんな両親を持つエヴァリーナは淫魔のハーフだ。

幸いにも人間として周囲に溶け込めていたのだが、ひょんなことから淫魔としての本能が目覚めてしまったのだ。

マティアスが食事に付き合ってくれているのは、そのせいなのである。

首筋を舐《な》められて、時折吸われて。毎週つけられる赤い花が今週もまた色濃く咲き乱れる。

「あ、っそこ」

鎖骨をなぞるように舌を這《は》わせられたら、腹の奥がずきゅんと物欲しげに蠢《うごめ》く。

(早くマティアスを食べたい)

人は生まれながらに魔力を持つ。マティアスの魔力を含んだ精気はエヴァリーナにとってご馳走だ。

普通の食事では満たされない渇きに、ごくりと喉を鳴らすと、急に身体が浮いた。

気がついたら、太い腕に横抱きされていて、慌てて彼の首にしがみつく。

マティアスの歩みは寝室へと向かっている。行儀悪く足で扉を蹴って開けると、意外にも優しい手つきでエヴァリーナをベッドに下ろした。顔の直ぐ横にマティアスの肘が置かれて、また唇が塞がれる。

「んんっ」

甘い味にうっとり吐息が漏れると、その隙間から彼の熱い舌が入り込む。歯列や上蓋など丁寧に舐められて、蕩けそうなほど気持ちいい。

エヴァリーナが必死に舌を絡めて応えていると、内腿《うちもも》を撫《な》でられ、部屋着のワンピースが捲《めく》られる。

唇が離れ、一気に脱がされた。

あっという間に下着姿になって、素肌に触れるシーツの感触が心地いい。

「まだキスしかしてないのに、相変わらずだな」

「やっ、ぁ」

股の間に膝が入り込んで来て、ぐいぐいと秘部を押し上げられる。くちゅっといやらしい水音がして、ショーツを濡《ぬ》らしてしまっているのが明らかになった。

羞恥心と共に、敏感な花芯に膝が擦れて、甘い刺激に襲われる。エヴァリーナは、つい腰が浮いて膝に擦りつけてしまう。

「んん、もぅ、挿《い》れて」

「まだ早い」

「そ、んな……っ」

意地悪な顔をしているマティアスを涙目で睨《にら》むと、彼の笑みが深まった。下着のフロントホックを外されると、ぽろりと大きな胸が零《こぼ》れる。

剣を扱うカサついた手に胸を揉《も》みしだかれて、親指でそのピンク色の中心をくるりと撫でられ焦らされた。その間も秘部が膝に押し付けられているのだから堪らない。

「あっ、そこ……！」

「欲しがりだな」

「ひゃあんっ」

胸の両先端をつまみ上げられると、甘い嬌声《きょうせい》が上がった。

その間に慣れた手つきでショーツの紐《ひも》を解かれて、秘部に顔が近づく。花芯を舌で優しく舐《ねぶ》られて、そのまま胸の先端を虐められる。

すると、エヴァリーナは人間としての性欲なのか、淫魔としての食欲なのか分からないほどの空腹感でいっぱいになった。

「あっ、きもち……！　ねえ、はやく欲し……っ！　っぁん！」

「一回イけたら挿れてやる」

「ひぁ、まって……！　そんなに……、ひんっ」

花芯を甘噛《あまが》みされた後、強く吸われると、あっという間に快感の渦に攫《さら》われる。あまりの気持ちよさに、エヴァリーナの腰が弓なりになってゆく。

「んああっ！　だめ、イっちゃう……っ!!」

瞼《まぶた》の裏がちかちか光った瞬間、耐えられないほどの気持ちよさに襲われた。腰をガクガクと震わせながら、シーツを握って意識を飛ばさないように堪えていたその時――。

蜜口に、熱いものが触れたかと思えば、ずずん、と大きな質量が入り込む。

「ひゃ、あぁっっ!?」

まだイっている最中なのに、無遠慮に蜜壺《みつつぼ》に入ったのは、ずっと欲しかったマティアスの熱棒《ねつぼう》。彼は服も脱がぬまま、深くまで己を沈めていく。

エヴァリーナは、彼を求めて蠢き続けていた腹の奥まで満たされて、また達してしまった。

「っく。相変わらずすごいな。食いちぎられそうだ」

「んあぁっ、きもち……！　マティアス、好き……っ」

「また、心にもないことを」

「そんなこと、っ、な、あぁ……っ！」

彼への愛が溢《あふ》れて止まらない。それを受け取ってもらえなくて切ないけれど、壊れてしまいそうなほど腰を打ち付けられて、何も考えられなくなる。

「っダメだ。そろそろ一旦出すぞ」

「ぁ、んん！　私もイきそう……！　っ中、いっぱい、出してぇ……っ！」

「ああ、くれてやるよ。一番奥にな」

少し苦しそうに唸《うな》るマティアスと離れないように、はしたなく彼の腰へ足を絡ませる。

マティアスの腰が一際大きく打ち付けられると、魔力を含んだ熱液が注ぎ込まれた。

それは、半分淫魔のエヴァリーナにとってのご馳走だ。

途端に渇きが潤うような感覚に襲われ、多幸感に包まれる。

「ああ……！　おいしい……っっ！」

また瞼の裏がちかちか光って達したエヴァリーナは、腰を震わせながら、恍惚《こうこつ》とした表情で呼吸を整えた。

しかし休む間もなく、身体をひっくり返されて、後ろからちっとも萎えていない熱棒を

再び挿れられる。

エヴァリーナの腰を持ち上げたマティアスは、色っぽい低い声で囁く。

「まだ腹一杯に膨れてないだろう？」

「あっ、あぁっっ」

そしてもう一戦してから、マティアスに風呂に入れられてまたそこで交わった。もうお腹いっぱいだと言ってもやめてくれないのだから、どっちが淫魔か分からない。

シーツを替えて、ようやく眠りにつこうとベッドに横になると、マティアスに後ろから抱きしめられた。

温かくて安心するなと思いながら微睡《まどろ》んでいたけれど、直ぐに衝撃的な一言で目を覚ますことになった。

「なあ、俺と契約結婚しないか？」

「……え？」

(結婚⁉　この人、結婚って言ったの⁉)

驚いて腕の中から脱出してマティアスの顔を見た。すると、彼はくっと笑いながら、顎を撫でてくる。

「周りに結婚しろとせっつかれて五月蝿《うるさ》いんだ。エヴァリーナは隣にいるだけで構わない。その代わりに淫魔として狙われているそなたを守ってやる」

「で、でも。マティアスは貴族でしょう？　平民でその上、淫魔の血が混じった私には務まらないんじゃ……」

エヴァリーナだって、マティアスの妻になることに憧れたことはある。

しかし貴族である彼と結ばれることが難しいのは重々承知していて、せめて今この時間を楽しもうと思っていたのに。

「貴族籍を用意するから問題ない」

唇を親指でなぞられる。まるで、高貴な金色の瞳に『さて、どうする？』と問われているようだ。

もちろんエヴァリーナにとって悪い話じゃない。

だが一つ、重要なことを聞かなくては。

「契約期間はいつまで？」

「エヴァリーナが死ぬまで永遠に」

「分かったわ。あなたと結婚します」

——全く。契約結婚を持ちかけられるだなんて、脈なしにもほどがある。

けれど、これはチャンスだ。

(絶対この男を、私に惚《ほ》れさせてみせる……っ！)

絶対に両想いになって、初恋の人マティアスと幸せな結婚生活を送る。

エヴァリーナはそう固く決意すると、最愛の彼の腕の中で眠りについた。

＊＊＊

マティアスとの出会いは、満月の夜だった。

あれは、働いている食堂からの帰り道。

……後ろからやけに荒々しく走る馬車がやってくるなぁと呑気《のんき》に歩いていたら、すれ違う瞬間に腕を掴まれ、強く引っ張られたのだ。

『つきゃ』

『見つけたぜ、淫魔ちゃん』

瞬きも出来ぬ間に、荒々しく走る馬車の中に押し込められていた。

馬車の中には複数の男の姿が見えた。そのうちの一人が呪文を唱えると、身体中から亡き母がかけてくれた魔法の気配が消えていく。

心臓の音が、まるでけたたましい警鐘のように鳴り響く。状況が飲み込めない。

——一体どうしてこの男たちは、自分の正体を知っているのだろう？

淫魔は、昔から奴隷の中でも高級品とされていた。淫魔は食事として人の魔力を含んだ精気を取り込むだけで命を奪えるほど強くはない、血液を吸う蚊のような生き物だ。

危険がなく、快楽だけをもたらす淫魔との行為は極上で、奴隷制度が廃止されてもなお、買い求める貴族が後を絶たないと聞く。

この王国は元々魔王が支配していた土地だったが、初代国王陛下と王妃陛下の力で、悪い魔王を倒し建国した伝説が残っている。それから人族と魔族は手を取り合って国を作り、歴史を歩んで来たが、建国して四百年経った今、何故か魔族を蔑む人族が多い。

そんな世の中で淫魔として覚醒すると人攫いの被害に遭う可能性があるので、覚醒しないように母親が魔法をかけてくれていた。淫魔と人間のハーフであるエヴァリーナは、淫魔として覚醒しなければ精気を必要とせず、人間として生きていけるからだ。

淫魔の血が混じっていることは今まで誰にも話していない。

なのに攫われているのは、何故……？

『お前よく淫魔だって分かったな。お手柄だ、高く売れるぞ？』

『へへっ。食堂でよぉ、絶世の美女に見慣れない魔法がかかっていたからな。鑑定魔法を使えば一発で淫魔ハーフ判定よぉ』

男は確かに見覚えのある客だった。エヴァリーナは人攫いたちをキッと睨みつける。

人身売買はもちろん、相手に許可なく鑑定魔法を使うことは法律で禁じられている。

こんな非道なことをするなんて絶対に許せないと身体をよじると、途端に動けなくなった。この男の魔法なのか、豊かな胸を強調するように上半身を拘束されて、エヴァリーナは歯を食いしばる。

（これから私は、性欲を満たすためだけの道具と成り果てるの？）

――そんなのは、絶対に嫌っ！

なんとしてでも家に帰ってみせる。そう決意したけれど現実は無情で、倉庫のような場所に連れてこられた。

　迎えが来る前に味見してやると、男たちが下品な笑みを浮かべながら近づいてきて、服を破く。

　——もう、だめだ。

　そう思った時だった。

　鍵がかかっていたはずの重い扉が開き、見覚えのある騎士様が現れた。

（あの方は、食堂によくいらしている騎士様……!?）

　冷静な表情で次々と人攫いたちをなぎ倒していく頼もしい姿に、一瞬で恋に落ちた。

　その瞬間、エヴァリーナは淫魔として開花したのだ。

　処女だというのに、騎士様が美味しそうに見えて、お腹の奥底が蕩けている。

　人攫いたちを全て倒してくれた騎士様は、エヴァリーナの縄を剣で切り落としていく。

　自由になったエヴァリーナは開口一番に、こう懇願した。

『騎士様、お願いします。どうか、私に助けてくれたお礼をさせてくださいませんか』

『え？　待っ……』

　本能のまま吸い寄せられるように唇を重ねた。

　離れようとする騎士様の首に腕を回し、まるで食べてしまうように、唇の隙間から舌を
捻《ね》じこむ。すると甘美な味がして、夢中で舌を絡めた。

（美味しい……っ!!）

これが精気なのかと妙に納得しながら押し倒して、騎士様の上に馬乗りになる。

さて、美味しくいただこうと騎士様の金色の瞳を見つめる。すると、魔力がごっそり取られるような感覚がして、騎士様の大きい手に目が覆われた。

『ちょっと待て、魅了《チャーム》するな』

『え？』

魔力が取られたと思ったら、無意識に魅了魔法をかけてしまっていたようだ。

『ご、ごめんなさい……わざとじゃ、なくって……』

言いながら身体から力が抜けていき、その隙に形勢逆転して騎士様に押し倒された。目元を覆っていた手は外されたけれども、魔力の使いすぎか、視界がぼやけている。

『そなたは、淫魔だったのか』

『……ハーフです。ねえ、騎士様を食べたいの』

驚くほど甘い声が出た自分にびっくりした途端、騎士様の姿が何重にも見える。

（あれぇ……？）

気がついたら倉庫ではなく、自分の家にいた。

騎士様が身分証から住居を調べて連れて帰ってきてくれたらしい。魔力の使いすぎで倒れてしまっていたエヴァリーナは、彼と交わって魔力補給をさせてもらった。

それが二人の始まりだ。

美味しい魔力が混じる精気をもらう代わりに、エヴァリーナもとっておきのご馳走《ちそう》を用意する。

その関係は、週に一回の頻度で二ヶ月続き、現在に至っている。

第一章　初恋を食べたい

――懐かしい夢を見た。カーテンの隙間から差し込む、朝陽が眩《まぶ》しい。

マティアスは三日後に迎えに来ると言った。その言葉を信じ、働いていた食堂へ辞めることを伝えた。

食堂は元々母が働いていて、エヴァリーナも十二歳から十九歳の現在まで七年間勤めた。母が亡くなってから、より親身になってくれたオーナーだったので、結婚に伴い退職すると伝えると涙ながらに祝福してくれて、エヴァリーナも思わず泣いてしまった。

急な退職で心苦しかったけれど、直ぐに食堂経験者である新人さんが入ってくることが決まり、安心した。

そして今日は、マティアスが迎えに来る日。

ノック音が聞こえて扉を開けると、いつもの騎士服ではなく、ラフな格好をした彼がいた。カチッとした騎士服もよく似合っているけれど、私服姿も格好よくて見惚れてしまう。

「荷物は纏《まと》まったか」

「ええ」

これからかりそめの妻として、彼の色んな姿を見ることになる。

そのたびに赤面していたらキリがないため、第二ボタンまで開けられたシャツの隙間から色気がダダ漏れなのを見ないようにしながら外へ出る。

「……これだけか？」

手提げ鞄《かばん》一つ分の荷物を持ってくれたマティアスの問い掛けに、エヴァリーナは頷いた。

以前エヴァリーナを誘拐した人攫いは捕まったけれど、淫魔ハーフだということを他の人にも知られているかもしれない。だから、ここ最近はいつでも逃げ出せるように荷物を整理していたのだ。

（次にここへ戻って来られるのはいつになるかしら？）

亡き母が残してくれたエヴァリーナの小さな城。

少しの切なさと、これからの生活への期待が入り混じりながら、二階から一階へと、外の螺旋階段を降りていく。

すると、アパートメントの正門に、とんでもなく豪華な二頭立ての高級馬車が止まっていた。

「ま、マティアス。もしかして、あの馬車は……」

「何してるんだ？　さっさと乗るぞ」

平民街では華美すぎて目立ってしまうほどの馬車は、傷ひとつない光沢のあるブラックで至るところに、金色の装飾がなされている。マティアスは馬車の前で手を差し伸べているけれど、こんな普通のワンピース姿で乗ってもいいものなのかしら……。

「エヴァリーナ……？」

「え、えぇ」

恐る恐る手を重ねて馬車の中に入り込むと、内装まで煌《きら》びやかで眩しい。気後れしながらも座席に腰掛けると、自宅のベッドよりもはるかにふかふかだった。

馬車が動き始めてから、緊張しているエヴァリーナは恐々《こわごわ》と言葉を紡いだ。

「マティアス、あなたが貴族だというのは分かっていたけど……。貴族の中でも、相当裕福なんじゃない……？」

「当たり前だ。レオシヴェル侯爵家だからな」

「――……っ⁉」

（レオシヴェル侯爵家ですって⁉　この国で知らない人はいない、建国時からある名門貴族じゃない⁉）

確かに所作が上品だなぁって見ていたけれど、まさかレオシヴェル侯爵家だなんて。てっきり騎士爵とか、男爵くらいの階級だと思っていた。

――というか……。

「な、なんで名門貴族なのに、平民の食堂に来てるのよ⁉」

「たまにガツンとしたものが食べたくなるからに、決まっているだろう」

長い足を組んで、威張りくさってそう言うものだから呆《あき》れてしまう。

そういえば、レオシヴェル侯爵家って何年か前に大きなニュースがなかったっけ？

（う〜ん、思い出せない……）

顎に手を当てて考えていると、視線の隅に窓の外の景色が映る。

どうやら貴族街の商業区に入ったようだ。ここは平民でも通行は出来るけれど、貴族とのトラブルを避けて滅多に入ることはない。

エヴァリーナを始め、王都に住む女の子は誰しもが一度は憧れる華やかな場所だ。

「わあ……！」

窓から見える街並みに、思わず窓枠に手をついたエヴァリーナの瞳が輝く。

馬車道沿いに、色とりどりに咲いた薔薇《ばら》の花壇が並ぶ。貴族向けの高級店の眩《まばゆ》いショーウィンドウには、高価なドレスやジュエリーが飾られていた。

綺麗《きれい》に舗装されたタイルの道には、日傘をさしたドレス姿の女性や、シルクハットを被った男性など貴族たちが優雅に歩いていた。

「外が気になるか？」

「ええ。まるで別の世界に来たみたい」

平民街だって花壇くらいあるけれど、それとは比べものにならない煌びやかさだ。

それに向こうに見えるのは、きっと建国物語に出てくる初代両陛下が出会った、かの有名な噴水広場だろう。歴史ある貴族街にエヴァリーナは心を躍らせた。

「ならば、ちょうどいい。買い物をしに馬車を降りるぞ」

「え？　私も降りていいの？」

「当たり前だろう。ただし俺の手は離すなよ」

「う、うん」

ひときわ大きな高級店の前で馬車が止まり、エヴァリーナは差し出されたマティアスの手を取って降りた。マティアスはエヴァリーナと手を繋《つな》いだまま、堂々と店に入って行こうとする。

簡素な平民のワンピース姿のエヴァリーナが一緒に入っていいものか戸惑っていると、腰に腕がまわってきてエスコートされた。

店内に入ると吹き抜けの空間に魔法灯のシャンデリアがいくつもあり、高級感のある雰囲気だ。トルソーには贅沢《ぜいたく》な衣類が数えきれないほど飾られており、自分には不釣り合いだと思いながらも、つい美しいドレスに見惚れてしまう。

「マティアス閣下、お待ちしておりました」

上品な男性店員が恭《うやうや》しく頭を垂れる。この店は、男性用の衣類も取り揃《そろ》えているようだし、マティアスは通い慣れているのかもしれない。

「彼女のドレスが欲しい。直ぐに使うから、まずは最高級の既製品がいくつか必要だ。それに合わせて他にも必要なもののコーディネートも頼む」

「えっ。私のドレス？」

「これから俺の妻になるのだから当然だろう」

「――……っ！」

妻になるという言葉に思わず、顔に熱が篭る。マティアスは何も意識していないのだろうけれど、周りに聞こえるように言うものだから、つい嬉《うれ》しく思ってしまう。

しかし浮かれている気持ちを押しやって冷静に考える。貴族街にある高級店のドレスは、きっと食堂の給料の一年分払っても足りないだろう。

いつの間にか、それを何着も買うという話になっていて正直戸惑いが隠せない。

「それではお嬢様、こちらへどうぞ」

「え、ええ」

案内されたのは、フィッティングルームだった。女性店員によってエヴァリーナの着ていたワンピースは脱がされ、身体の隅々までサイズを測られた。

恥ずかしいなどと思っている間もなく、淡い紫色のオフショルダードレスが運ばれて、あれよあれよと言う間に着せられる。

「まぁ！　とてもお似合いですわ」

「流石侯爵家の夫人に選ばれたお方。お美しくていらっしゃいますこと」

淡い紫色のドレスは、確かにエヴァリーナの薄紫色の瞳によく似合っている。ヒールを履いて、大きな鏡の前に立って背筋を伸ばせば、まるで貴族令嬢にでもなった気分だ。

すると白い手袋をはめた女性店員が、宝飾品を並べたトレイを運んでエヴァリーナの前に差し出してきた。

「今お召しのドレスに似合いそうなジュエリーをお持ちしました。この中に気になるものはございますか?」

「えっ?　でも宝石は、流石に……」

彼にとってはかりそめの妻だ。そこまで買ってもらうのは申し訳ない気持ちでいると、女性店員がにこやかな表情でこう紡ぐ。

「マティアス閣下の奥方になられるのでしたら、必ず宝石が必要かと存じます。お試しだけでもいかがですか」

「お、お試しだけなら……」

エヴァリーナが困った様子でまごついていると、ソファに座って寛いでいるはずのマティアスがこちらへ向かってくる。

「どうしたんだ?」

「……ええと」

足の長い彼は、あっという間に近づいてきて目の前に立った。自然に顎へと手が触れられ、間近でじっと見つめられる。その距離に顔が熱くなる。

何度も夜を過ごしているというのに、家以外での接触には動揺してしまう。

だって、マティアスは好きな人なのだ。

それにあまりに美しい金色の瞳をうっとりと細めて、エヴァリーナだけを映している。その余裕たっぷりな仕草がやけに様になっていて、ますます胸が高鳴った。

「エヴァリーナ、綺麗だ。よく似合っている」

「あ、ありがとう……」

更に瞳を優しく蕩けさせてそう言うものだから照れてしまう。周りに契約結婚だと気付かれないようにという対策なのかもしれないけれど、ベッドよりも甘くなると格好よすぎて困る。

「それで何を悩んでたんだ？」

「宝石も勧めていただいたものだから、どうしたものかと……」

「何を悩む必要がある。全て買えばいいだろう」

「えっ⁉」

この宝石がいくらなのか見当もつかないけれど、いつも通りの口調で、とんでもないことを言うのだから開いた口が塞がらない。

「一番気に入ったものを今つけるといい。さて、エヴァリーナに似合いそうなドレスは、どれだけ用意出来ている？」

「こちらにご用意が出来ております」

店員さんたちがキャスター付きのハンガーラックを押しながら、こちらに運んでくる。全部で五つのラックが運ばれ、ざっと三、四十着ほどが並べられた。

「ああ、ありがとう。そこにあるものは、全ていただこう。靴や装飾品など、必要なものもドレスと同じ数だけ用意してくれ」

「かしこまりました」

え、ええ⁉　ちょっと待ってほしい。とんでもない会話についていけない。

今日この店の会計で一体どれだけの金貨が飛んでいくのだろう。

「エヴァリーナ」

「はい」

「今待っている間、オーダーメイドのドレスを発注した。出来上がるまでは、既製品のドレスで我慢してくれ」

お、オーダーメイド⁉　それでは今買った既製品のドレスは⁉　まさか、使い捨てにするつもり……っ⁉

（わ、私。——とんでもない人を落とそうとしているのかもしれない……）

マティアスと目が合った瞬間、彼は不敵な笑顔になった。それに対しエヴァリーナは、引き攣《つ》った笑みを返すほかなかった。

物凄い量の購入品は、今夜屋敷まで届けてもらうことになった。

買い物を終えた二人は、再び馬車に乗る。

（なんだか落ち着かない）

エヴァリーナは先程試着した淡い紫色のオフショルダードレスを身に纏ったままだ。首元と耳元には、大ぶりの宝石を使ったジュエリーがきらきらと輝いている。

外を見ていると、だんだん王城が近くなってきた。

「エヴァリーナ。もうすぐ屋敷に着くぞ」

「え、もう？」

王城に近いほど高位貴族が住むという話を聞いたことがある。確かにレオシヴェル侯爵家は昔からある名家だから、この辺に住んでいてもおかしくないのだろうけれど……。

途中に見たどのお宅よりも立派な門が開き、広い敷地をしばらく進む。

「こ、ここがマティアスのお家⁉」

「ああ」

石造りの頑丈そうな建物の周りには、たくさんの木々が長い影を作っていて、色とりどりの春の花が咲いている。

庭園には大きな池があり、中央にある噴水から流れる水が小川に繋がっていた。

ここが王都だとは信じられないほど、自然が豊かで落ち着ける空間だ。

レオシヴェル侯爵邸は、城と言われても納得しそうなほど立派な屋敷だった。

「エヴァリーナ、我が家へようこそ」

先に馬車から降りたマティアスが、そう言って手を差し出してくれる。契約結婚とはいえ、一応は歓迎してくれているらしい。

「これからお世話になるわ」

マティアスの大きな手に、自分の手を重ねる。

支えてもらいながらエヴァリーナが馬車から降りると、物凄い光景が目に入った。

「お帰りなさいませ。マティアス様」

左右にそれぞれ十五人ずつくらいいるだろうか。使用人が声を揃えて言葉を発し、息の合った綺麗なお辞儀をした。すごい迫力で、エヴァリーナは一歩後退る。

しかし腰にマティアスの腕が回って、引き寄せられた。

「紹介しよう。俺の妻となるエヴァリーナだ」

「よ、よろしくお願いします」

エヴァリーナが頑張って笑顔を作って挨拶すると、大きな拍手が返ってきた。皆の表情を伺うけれど、一人も嫌な顔をしていない。むしろ微笑みを浮かべている人がほとんどだ。後は感動した様子で涙を流している人が数名……。

その中でも特に号泣している白髪の初老の男性に、マティアスが声をかける。

「おい、セバス。そんなに泣くな」

「ううっ。坊っちゃまに恋人がいたとは……！　このセバス、感激いたしました。エヴァリーナお嬢様、どうか坊っちゃまのことをよろしくお願いいたします……！」

「いい加減、坊っちゃまと呼ぶのはやめろ。……この爺《じい》には家令を勤めてもらっている。困ったことがあればセバスに聞くように」

家令とは確か、貴族の家の会計を管理する人だったかしら？　使用人を纏める役割りでもあったはず。皆の様子から、マティアスがとても愛されていることが伝わってきて、自然と頬が緩む。

「セバス様、これからお世話になります」

「おい。俺のことは呼び捨てるくせに、セバスには敬称をつけるのか」

「だって、年上の方は敬うべきでしょう？」

「エヴァリーナお嬢様。お気持ちは有難いのですが、あなた様は、坊っちゃまの奥方になられる尊きお方。私めに敬称や、敬語は不要でございます」

「……善処するわ」

エヴァリーナはただの平民なのに、お嬢様と呼ばれて、更に使用人に仕えてもらう立場になるだなんて。少し不安はあるけれど、認めてもらえるように頑張らなくちゃ。


挨拶が済むと、屋敷の中に案内された。

玄関ホールが見事なのは言うまでもないけれど、廊下も歴史のありそうな絵画が飾られていて、うっとり魅入ってしまう。床には汚れ一つない赤い絨毯《じゅうたん》が敷き詰められており、新品のパンプスとはいえ土足で歩くのが躊躇《ためら》われるほどだ。

眺めのいい三階の客室に案内され、婚約期間はここで過ごすようにと言われた。

「屋敷に来てそうそう悪いが、家の仕事が残ってるから失礼する。夕食は一緒に食堂でとろう」

「迎えに来てくれただけで充分よ。ありがとう」

「では、また後で」

　騎士の仕事以外にもやることがあるなんて大変ねと思っていたら、左手をマティアスに掬《すく》われた。そして彼は手の甲にキスすると、屋敷内の執務室に戻って行った。

（不意打ちで、ずるい人……）

　マティアスの唇が触れた手の甲から熱がじわじわと伝わって顔まで熱くなり立ち尽くす。彼の背中が見えなくなると扉を閉めて、金縁模様のついた布張りソファにぽふんと沈む。

　熱い顔を両手で冷ましていると、傍に控えていた赤毛の侍女が優しげに微笑んだ。

「エヴァリーナお嬢様。改めまして、私はお嬢様の専属侍女となりましたジョゼットと申します。僭越《せんえつ》ながら、侯爵夫人として必要な知識や教養、マナーなどをお教えすることになっておりますので、どうぞよろしくお願い申し上げます」

「それは助かります。こちらこそよろしくお願いします」

　年は少しだけ上の二十代だろうか。とても感じのいいお姉さんで、エヴァリーナは胸を撫で下ろす。

「マティアス様より、昼食はまだだと伺いました。もしよろしければお召し上がりになりますか？」

「はい。是非いただきたいです！」

「かしこまりました」

　しばらくしてジョゼットが持ってきてくれた三段のティースタンドには、サンドウィッチ、スコーン、贅沢にクリームが乗ったケーキが盛り付けられていた。
「わあ……！　これを食べてもいいの……？」

「もちろんです。エヴァリーナ様のためにご用意いたしましたので」

ジョゼットは香り高い紅茶を、美しい薔薇の絵柄がついたティーカップに注いでくれる。まるで絵に描いたような貴族の食事にエヴァリーナの心が踊った。

「女神様の恵みに感謝していただきます」

早速サンドウィッチに手を伸ばす。薄く切られたパンに胡瓜《きゅうり》が挟まれていて、シャキシャキとして瑞々《みずみず》しい。こんなに美味しい食事を侯爵家で用意してくれるのに、マティアスは何故わざわざエヴァリーナの働いていた食堂に来ていたのだろう？

腹割れスコーンを半分にして、マーマレードを塗り口に放り込む。たっぷり使われたバターの風味が濃厚で、何も付けずに食べても美味しいかもしれない。

（こんなに上品な食事をいただいたのは、お母様が健在だった時以来だわ）

淫魔だった母は、お金持ち《ごちそう》の男性をターゲットにしていたから、よくレストランで美味しいものを食べさせてもらっていた。

昔を思い出しながら夢中で味わっていると、瞬く間にティースタンドが空になる。

「美味しくいただきました。ジョゼット、ありがとうございます」

「とんでもないことにございます。それよりも、エヴァリーナ様は所作が美しくていらっしゃいますね」

「え、そうでしょうか」

「はい。既に完成されていて美しいです」

「ありがとうございます。マナーについては亡き母より厳しく躾《しつけ》られたので、そのお陰かもしれません」

「素晴らしいです。マナー基礎の授業は省けそうですね」

……しかし授業か。ジョゼットが手ほどきしてくれるなら、きっと優しく教えてくれるだろうから安心だけど、マティアスの妻になるのって大変みたいだ。

勉強は教会で文字の読み書きと算術を学んだくらいだけど大丈夫かしら。

(――でも、マティアスに好きになってもらって、幸せな結婚生活を送るには必要なスキルよね)

「ジョゼット、勉強はいつ頃から始まるのでしょうか。出来れば直ぐに始めて、早くマティアスの役に立ちたいのだけど」

「お屋敷に慣れる来月頃から始めるように、というお話でしたが、早めてしまってよろしいのですか?」

「もちろんよ！　ただジョゼットは普段のお仕事があるでしょうし、難しいようだったら無理はしないでほしいです」

「承知しました。私は問題ありませんので、なるべく早めるよう調整いたしますね」

「ありがとうございます。授業が始まる前に、何か出来ることはないでしょうか」

「……そうですね。まずは使用人に対する一切の敬語をやめましょうか」

「あっ！」

家令のセバスにも言われていたことだ。慣れるまで大変そうだが、出来ることからなんでもやっていかなくちゃいけない。マティアスの立派な妻となれるか不安だけど、小さなことでも一歩ずつ頑張っていきたい。

「そうね。以後、気をつけるわ」

ジョゼットの優しい微笑みが深まった。レオシヴェル侯爵家の侍女なのだから、きっと貴族の血筋が入っているだろうに、平民のエヴァリーナを受け入れてくれるなんてすごい懐の広さだ。それだけマティアスへの忠誠心があるのかもしれない。

(……ってあれ？　マティアスではなく、この家の侯爵様への忠誠心かしら？)

そういえば、この屋敷に来てから、マティアスと使用人にしか会っていない。

夕食の時には、マティアスの家族は来るのだろうか。

たとえ契約結婚でも、彼の妻になれることが嬉しくて、家族のことはすっかり抜け落ちていた。

(後できちんとマティアスに聞いてみよう)

いつの間にか太陽は隠れ、代わりに満月が輝いていた。

驚くべきことにこの屋敷には貴重な魔法灯があり、滞在している客室も蠟燭に火を灯す必要がない。窓から景色を見下ろすと、魔法灯が幻想的に庭園を照らしている。

まるでどこか違う世界に来たみたいだ。

ディナーは、夜用のドレスに着替える必要があるということで、ジョゼットに手伝ってもらって身支度をする。昼間大量購入したドレスがもう届いていたようで、その中からジョゼットが選んでくれた。

高価なドレスを着ていると落ち着かず、当分は慣れそうにない。

――それに……。

「ねえ、ジョゼット。やっぱりこのドレス、背中があきすぎじゃないかしら」

「これくらい普通なので大丈夫ですよ」

貴族女性の夜の装いは肌の露出が多く、昼よりも豪華なジュエリーで飾り立てるのだという。

だけど、背中がほとんど空いている格好は初めてだし気恥ずかしい。しかも普段下ろしている髪の毛をジョゼットが編み込み、結い上げてくれたから余計に背中に空気が触れ、気になってしまう。

「エヴァリーナお嬢様、そろそろディナーのお時間です。食堂へ向かいましょう」

「……分かったわ」

渋々立ち上がって、ジョゼットの後に続く。

使用人が大きな扉を開けてくれて、食堂の中に入ると既にマティアスが席についていた。

目が合った瞬間、彼が立ち上がり、エヴァリーナの手を引いて向かいの席の椅子にエスコートしてくれる。それに甘えて座ると、耳元でマティアスの低い声が聞こえた。

「エヴァリーナ、美しいな」

「ひゃっ！」

耳に吐息が触れて自然と声が出てしまい、慌てて手で口を塞いだ。背中に彼の視線が刺さった気がしてドキドキする。向かいに座ったマティアスをじっと睨むと、いたずらが成功したような表情を浮かべていて、なんだか笑ってしまった。

「よし、食事にするか」

「あれ？　そういえば、マティアスのご家族はいらっしゃらないの？」

「……いない」

「え？　でも、侯爵家のご当主様とか……」

周りに控えている使用人たちの空気が変わった。何かまずいことでも言っただろうか。マティアスの様子を伺うと、先ほどから一転して表情が読めない。どこか強ばったような、怒られるのを怖がる子どものような……。

しかし、それも一瞬のこと。

彼は、長い睫毛を伏せて、言葉を紡いだ。

「そうか、言ってなかったな。俺がレオシヴェル侯爵家の当主だ」

「――……っ！」

（え？　マティアスが侯爵様⁉）

思ってもみなかった事実に驚きを隠せない。

だってまだマティアスは二十二歳で、騎士職なのに……。

……あっ。思い出した。

何年か前に、レオシヴェル侯爵家で起こった大きなニュース。

それは妾《めかけ》の子である次男が、正妻から生まれた嫡男を殺害し、侯爵の座についたという事件だった。

――世間を賑わせた血塗れの侯爵は、マティアスのことだったんだ。

動揺も隠せぬまま、思っていることが口に出る。

「まさかレオシヴェル侯爵家の当主が、マティアスだったなんて……」

こんなにも好きなのに、マティアスのこと何も知らなかった。

そのことに胸がぎゅっと苦しくなる。

「すまないな。俺は侯爵と呼ばれるのは嫌いなんだ。だから使用人にも名前を呼ばせている。エヴァリーナが気付かなかったのも無理はない」

ちょっと待って。

（ということは、私は侯爵夫人になるの？）

衝撃的な事実に唖然《あぜん》としていると、彼らしくない、か細い声がエヴァリーナの耳に届いた。

「——俺が、怖いか」

ぱっと前を見ると、いつもは自信満々に輝く金色の瞳が、僅かに曇っていた。

マティアスのそんな様子を見たことがなくて息を呑む。そして直ぐにエヴァリーナは、安心させるようにしっかりとした口調で想いを伝えた。

「いいえ。だって、マティアスは私を助けてくれた優しい人だもの」

「……そうか」

「ただ、あなたのことを何も知らなかったんだなって。ねえ、食事を終えたらマティアスの部屋に行ってもいい？　あなたと二人きりで聞きたいことがあるわ」

「ああ。それなら早く食べなきゃな」

マティアスが手を挙げると前菜が運ばれてくる。

その後は、エヴァリーナの家での食事のように他愛ない会話をした。

……というよりは、豪勢なディナーに舌鼓を打ち、その美味しさに興奮して喋《しゃべ》らずにはいられなかったのだけど。


食事を終え、その足でマティアスの私室へと移動する。

侯爵家当主の部屋だからか広々としている。

落ち着いた色調に、重厚感のある家具。どれも市井の店では見たことのないほどの一級品だと、平民のエヴァリーナでも分かった。

しかし持ち物が少なく、生活感がないのは部屋の主の性格を表しているような気がする。

「ねえ、マティアス。私は、あなたの妻になるためにここへ来たわけだけど、何をすればいい？」

「……ただ隣に居ればいいと言っただろう。学びたいことがあれば講師を雇っていいし、趣味を見つけて没頭するものいいだろう。――それより、俺の正体を知っても結婚してくれるのか」

「正体？　それって自分が『血塗れの侯爵』だっていう話？」

「ああ、そうだ。俺は血の繋がった兄を殺して、侯爵の座についた。親は領地に送ってな」

「そっか。でも、きっと何か理由があったのでしょう？」

「…………」

マティアスはエヴァリーナが誘拐された時に助けてくれた正義感あふれる騎士様なのだから、悪人のはずがない。

それに淫魔の性を受け入れてくれて、ご馳走を食べさせてくれるのだ。

普段は冷たそうに見えるけれど、心根が温かいことは、エヴァリーナがよく分かっている。

「今ここにマティアスがいるということは、罪に問われなかったってことよね？」

「ああ」

マティアスは、あまり詳しい事情を話したくないような、苦虫を嚙み潰したような顔をしていた。だからエヴァリーナも無理に踏み込まず、わざと明るい声で本音を伝えた。

「なら私は大丈夫よ。でもね、マティアスのことがもっと知りたいの。なんで私を契約結婚相手に選んでくれたのかとか、騎士団ではどんなお仕事をしているんだろうとかね。ねえ、侯爵家当主のお仕事と両立するのは大変じゃないの？」

「部下が優秀だから両立は問題ない。騎士団では、副団長を任されている。他の騎士の育成と、書類仕事が主だな。そなたを妻にするのは――」

「……？」

その金色の眼差しに熱がこもっていた。ドキドキしながら続きの言葉を待っていると、ふいに目を逸らされて。顔が近づくと、あっという間に唇を奪われた。

びっくりして開いた唇の隙間に舌が入り込んで、美味しい精気の味に酔う。

ちゅっと可愛い音がした後に唇が離れ、もの寂しく感じる。

きっともうエヴァリーナの瞳は薄紫からピンク色に染まっているだろう。

「今はまだ、利害が一致するからだと言っておこう」

「え、ぁ……!?」

ソファから立ち上がらせられ、ぽんっと後ろから背中を押される。

腹にマティアスの腕が回って、身体が前のめりにベッドへ沈んだ。

「ところで、このいやらしいドレスは、俺を誘っているのか？」

「ち、ちがっ！」

うつ伏せの状態で上に跨《また》がられたら、騎士に力で敵うわけもない。

露出した背中を指でなぞられると、エヴァリーナは擽《くすぐ》ったくて、ぴくりと身をよじった。

「こんな急所を晒《さら》して、触ってくれって言ってるようなものだぞ」

「ま、マティアスが選んだんじゃないっ！」

「それを着てきたのは、エヴァリーナだろう」

「う、うぐぅ……」

背中に唇が触れると、そのまま思い切り吸い上げられる。それを何度も繰り返されて、所有印がいくつも花咲く。自分の手の届かない場所を舐められるともどかしくて堪らない。

「ん、やだぁ」

むずむずしてくる背中の甘い感覚にめまいがする。拒否する言葉が零れても、一向に止まないキスの雨。

やっぱりこんな露出のあるドレスを着てこなければよかった。このくらいは普通だと言っていたジョゼットをほんのちょっとだけ恨む。

「これ取るぞ」

「えっ⁉」

宝石のたくさんついたネックレスを器用に外され、耳についていたイヤリングも丁寧に取られていく。耳朶《じだ》にマティアスの指が当たると擽ったくて吐息が漏れた。

「んっ」

「……取れた」

未だにうつ伏せのままなので、彼がどんな表情をしているか見えない。それでも、僅かに笑ったような気配がして、エヴァリーナの口角も上がった。

「っわ、マティアス⁉」

後ろのリボンを解かれ、ドレスが脱がされていく。背中からマティアスの手が入ってきて、腹に熱が伝わる。

「俺が用意したドレスを自分の手で脱がすのが、こんなにも愉しいなんてな」

先ほどまでとは打って変わって、自信が満ち溢れた声に安堵《あんど》した瞬間――。腹にあった手が上へと進み、膨らみに添えられる。

「ひぁっ」

下着のフロントホックが外れて、袖から腕を抜かれる。あっという間にショーツだけ身に纏っている状態になってしまった。

腰を持ち上げられるとマティアスにお尻を突き出した格好になり、ショーツの紐が慣れた手つきで解き取り払われた。

「やぁ、恥ずかしい……！」

「何が恥ずかしいんだ？　こんなにも綺麗なのに」

マティアスに、自分の秘部を見せつけている格好になって羞恥心でいっぱいになる。それなのに蜜壺がきゅうっと物欲しげに蠢いてしまう。

太ももを開かれると、マティアスの吐息が秘部に届く。次の瞬間、ぷっくり膨らんだ花芯の上をぬるりと温かくて柔らかい何かが這った。

「んあっ！　だめ、だめぇ……っっ」

それはマティアスの舌による刺激だった。後ろから花芯を舐められて、強すぎる快感に襲われる。

「っ、きもちよすぎるからぁ……！　あぁ、そんなに吸ったら……っ！」

いつもは仰向けで舐められることが多いので、感じ方が違って頭がくらくらする。シーツを握りしめて快感に耐えようとしても、思考が蕩けていく。

花芯を舐められながら、ちゅくちゅく音を立てて吸い上げられる。そのあまりの気持ちよさに、お尻を突き上げて、マティアスに押し付けてしまった。

「あ、あ、あ、イッちゃう！　ひぁ……っっ」

すると、あっという間に瞼の裏がチカチカ光る。昇りつめた快感が一気に弾けて、高波に攫われた。腰がガクガクと震えて、くたりと前のめりに倒れる。

マティアスは、くくっと愉しそうな笑い声をあげて、こう言った。

「呆気《あっけ》なく果てたな」

「う、うぅ……。だって、こんな……後ろからだなんて……っ」

「そんなによかったのか？　それならまたやってあげよう」

意地悪そうな顔をしているのだろうなと、起き上がって、じとっと視線をやると案の定だった。美形に片方の口角を上げて見下ろされるなんて、色気にやられておかしくなりそう。ましてやその美形は、好きな人なのだから、余計に。

——それと同時に、淫魔としての食欲が湧いてくる。

エヴァリーナは大胆にも、マティアスの下履きを下ろして、奮い立った熱棒を取り出す。ぺろりと先っぽを舐めれば、魔力を含んだ甘くて癖になる精気の味がする。

「っおい、待て……！」

制止の声をものともせずに、夢中でむしゃぶりつく。

キャンディを舐めるように下から上へ裏筋を舐めていくと、エヴァリーナの表情はだんだんと恍惚としたものになり、ピンク色の瞳が潤んでいく。

（美味しすぎる……！　もっと……！）

もっと、もっとマティアスを味わいたい。淫魔の性が、エヴァリーナを大胆にさせる。

屈んで熱棒に両手を添えると、唇を開いて熱棒を咥《くわ》えこむ。

「——……っ！」

マティアスの言葉にならない声が聞こえる。上目遣いで彼の表情を伺うと、快感に耐えるように綺麗な顔を歪《ゆが》めていた。とっても色っぽくて、きゅんと胸が高鳴る。

（どうか、願わくは。あなたの心まで欲しい……）

頑張って、じゅるっと吸いながら舌を使って、熱棒を扱く。口に入り切らない根元は手で擦ってみると、より一層熱棒が大きくなって、ピクピクと震えた。

「おい、待っ……！」

もっとたくさんの精気が欲しい。マティアスの言葉を無視してそのまま愛撫《あいぶ》を続けると、求めていた熱液が口の中に噴出して、美味しい精気を一滴も残さず飲み込んだ。

この時ばかりは、人間としての味覚は消えて、淫魔としての味覚が強く出る。甘い甘いマティアスの味は、蕩けるほどのご馳走だ。

「……まさか、全部飲んだのか……？」

「もちろん。マティアスはどこを舐めても甘くて、大好きだもの」

唇をぺろりと舐めながら、満足気に笑みを浮かべると、何故かマティアスは、額を片手で覆って俯《うつむ》いた。

そういえば、こうやって出てきたものを飲むのは初めてかもしれない。

「子種を飲むなんてどこで覚えたんだ？」

「えっ？　美味しそうだったから、つい……」

「俺はエヴァリーナに、そんなこと教えたつもりはないぞ。——まさか、他の野郎としてないよな……？」

「え、ええっ⁉　マティアス以外とこんなことするわけないわ‼」

「ならいいんだが……。そなたはこの家で自由にしてもいいが、浮気だけはするなよ」

マティアスは侯爵家の当主だから世間体も大切なのだろう。

だから彼を安心させるように、手を握って指と指を絡めて本音を告げる。

「もちろんよ。私にはあなただけしかいないもの」

「……そうか」

なんだか、マティアスが怒っているような、悲しんでいるような……。

彼の中に色んな感情が渦巻いているような気がして、ぎゅっと抱きしめる。裸のままで抱きしめ返されると、素肌が擦れて気持ちがいい。

「私、何か嫌なことをした……？」

「いいや。……あれは背徳感があって興奮した」

「ひゃっ！」

抱きしめられたまま後ろに倒されると、再びベッドへ沈む。目の前にはギラギラした金色の瞳。上から覆いかぶさったマティアスが、エヴァリーナの唇を奪う。

直ぐに舌が入ってきて絡めると、何故か唇が離れる。物足りなくてマティアスを見遣ると、不快そうに顔を歪めていた。

「……まずいな」

「ふふっ。こんなに美味しいのに、勿体《もったい》ない」

キスをしたら彼の熱液の味がしたのだろう。あからさまに不機嫌そうな表情をしているものだから可笑しくて、エヴァリーナはくすくすと笑ってしまう。

笑われて益々ご機嫌ななめになったマティアスは、眉間に皺《しわ》を寄せて低い声で呟《つぶや》いた。

「キスが出来なくなるから、もうあんなもの飲むな」

「ええっ、そんな……!?」

ショックを受けていると、蜜口に何かが当たった。ふと見ると、それは相変わらず元気な熱棒で、声を出す間もなく濡れそぼった蜜壺へと入りこむ。

「あれは、そなたの膣内《なか》へ注ぐものだろう?」

「んん、ふぁ……っ」

突然の質量にお腹の奥がきゅうんと喜んで熱棒を締めつける。その刺激にマティアスは吐息を漏らして、快感に溺れながら色香を放つ。

何度肌を合わせても、彼の艶やかさに魅入ってしまう。そしてすっかりマティアスの形になった蜜壺への刺激も、脳に突きぬけるような快感で蕩けてしまいそうだ。

「あっ、あ、すき……っ」

決して返ってくることのない告白は、身体を重ねている時にしか出来ない。

だって、バッサリ振られてしまったら、今の関係が崩れるかもしれない。そんなのは、エヴァリーナにとって耐えられないから。

(いつか、『俺も好き』って返してもらえますように)

心の中で祈りながら、快感とご馳走に酔いしれる。一晩中身体を重ねた後は、ぐったりと目を閉じた。

＊　＊　＊

カーテンの隙間から、朝陽が漏れる。

その光に顔を照らされ、眩しくて寝返りを打つ。すると、隣に彼がいないことに気がついてぱちぱちと瞬きした。

「あれ……？」

辺りを見回しても、マティアスの姿が見えなかった。

少しの寂しさと、気だるい身体。それに違和感。彼の部屋で眠ったはずなのに、何故か客室に戻っている。エヴァリーナが不思議に思って首を傾げていると、タイミングよく扉をノックして入ってきた侍女のジョゼットが疑問に答えてくれた。

「おはようございます。早朝、マティアス様がお城へご出勤される前に、エヴァリーナ様をこちらの客室へと移されました。覚えていらっしゃいませんか？」

「ええっ⁉　ごめんなさい、全然覚えていないわ。今何時？」

「まだ八時ですよ。……マティアス様より、負担をかけたからゆっくりなさるようにと、伺っております」

「あ……」

恥ずかしい。ジョゼットも僅かに顔を赤らめていて、つられて頬が熱くなる。

「お見送りしたかったわ……。この屋敷に来たばかりの私に出来ることは、そのくらいしかないだろうから」

肩を落とし、がっくりと項垂《うなだ》れる。

マティアスのために、もっと器用に立ち振る舞いたいけれど上手くいかない。

(――それに……)

「結局、マティアス自身のこと全然教えてくれなかったな……」

「エヴァリーナ様……」

あまり踏み込んでほしくなさそうだったから、聞けなかった。そのまま身体を重ねて、うまくはぐらかされたような。

少し落ち込んで俯くと、膝をついて近づいたジョゼットに手を掬い取られる。エヴァリーナの手を包む手は、優しくて温かい。

「未来の侯爵夫人のお手を取ることとお許しください。エヴァリーナ様のお力になりたいのです」

ジョゼットが心から励ましてくれているのが分かった。

「ありがとう、ジョゼット。ねえ、あなたから見たマティアスはどんな人かしら」

エヴァリーナの問いにジョゼットは少しの間悩み、やがて言葉を紡ぐ。

「マティアス様は世間で言われているように、相容れないものには冷酷な一面があります。ですが、一度懐に入れた人間には非常に親切にしてくださる素晴らしい主君です。今いる使用人は、皆マティアス様に助けられたことがあるんですよ」

「え、そうなの?」

ここの屋敷に来た時、出迎えてくれた使用人だけでもたくさんいた。それだけの大人数をマティアスが救ったなんて、びっくりしてしまう。

「はい。かくいう私も、元は貴族だったのですが、家が没落して困っていたところを恋人共々助けていただきました。恋人は護衛騎士として侯爵家に雇っていただいてるんですよ」

侯爵家の侍女だから彼女も貴族かもしれないと思っていたけれど、やっぱりそうだったんだと納得した。それにしても、家が没落しただなんてどれだけ苦労したのだろう。

「……大変だったのね。マティアスが、ジョゼットたちを救ってくれてよかったわ」

エヴァリーナがしみじみと言葉を紡ぐと、ジョゼットも苦笑いしながら深く頷いた。

「はい、本当に。このご恩は一生を尽くしてマティアス様とエヴァリーナ様にお返しいたします」

「え⁉　私は何もしてないわ」

「いいえ。マティアス様を笑顔に出来るのは、エヴァリーナ様だけですから」

ジョゼットはマティアスとエヴァリーナの結婚を愛のあるものだと思ってくれているようだ。

（それが、本当だったらいいのに）

少しの切なさと、嘘《うそ》をついている罪悪感に、胸がチクリと痛む。

それに気が付かないふりをして、笑顔を作った。

「こんなふうにマティアスの話を聞くと、少し彼に近づいた気がするわ。ありがとう、ジョゼット」

「とんでもないことでございます」

感謝の気持ちは本当だ。自分以外の人から聞くマティアスの話は新鮮で格好いいエピソードばかりだ。ますます好きになってしまうから困る。

しかし、使用人たちのマティアスへの忠誠心を、契約結婚の相手である自分が受け取ってしまうのはずるいような気がする。それにエヴァリーナにはずっと気になっていたことがあった。

「ねえ、ジョゼット。貴族出身のあなたが、平民の私に仕えるのは複雑ではない？　もし無理をしているのならば、別の業務が出来るようにマティアスへ口添えするわ」

普通に考えると、平民出身の人間に仕えるのは、きっと屈辱的だろう。

そう不安に思っていたのだが、ジョゼットは温かい微笑みを浮かべた。

「エヴァリーナ様は、神秘的なほどお美しく、眩い輝きを放っていらっしゃいます。お振る舞いからも気品を感じますが、磨けばもっともっと光るお方。これからたくさんご成長される姿を近くでお見守り出来ることを幸運だと思っております。——つまり私はお優しいエヴァリーナ様に心からお仕えしていきたいのです……！」

「っ、ジョゼット……！　ありがとう！　これからびしばし鍛えてもらえると嬉しいわ！」

思ってもみなかった言葉にエヴァリーナは感激して、傍にいるジョゼットを抱きしめた。

過分なほど褒めてもらったからには、ジョゼットが言ってくれたように成長していかなくてはいけない。

「まずは夜着から着替えないとね。ジョゼット、手伝ってもらえる？」

「はい、もちろんです。エヴァリーナ様」

身支度を整えてもらい、リボンが付いた可愛らしい赤いドレスに着替えた。お揃いの赤いカチューシャまであって気分が上がる。ドレスは慣れないけれど、上等な生地が肌に馴染んで、着心地が楽なのにシルエットが綺麗だ。

一昔前は、コルセットで腹まわりをぎゅうぎゅうに締めるスタイルが流行っていたらしいから、この時代に生まれてよかったと思う。


食堂で朝食を終えた後、客室に戻る。ソファに座ると、ジョゼットが食後の紅茶を淹《い》れてくれたので有り難く飲みながら考えた。

「マティアスは屋敷で自由にしていいと言っていたけど、何をしようかしら」

今まで週に六日は食堂で働いていたし、休日は家で溜《た》まった家事をやっていた。やることが全くない日なんて子供の時以来かもしれない。何をするか迷っていると、ジョゼットがおずおずと口を開いた。

「これは私からの提案なのですが……。マティアス様をお知りになりたいのなら、王城の騎士団へ差し入れを持っていってはいかがですか？」

「騎士団へ？　そんな気軽に伺っていいものなの？」

「はい。騎士団幹部の関係者は王城へ自由に出入りすることを許可されています。もちろんエヴァリーナ様も、マティアス様のご婚約者ですのでお入りになれますよ」

「ということは、マティアスがお仕事をしているところを見られるのよね」

「はい、もちろんです。今日は模擬戦があるため、差し入れを持ってくるようマティアス様がご要望されたとか」

「わあ……！　マティアスが戦っているところ、ぜひ見たいわ」

一目惚れした時も、マティアスは闘っていた。軽々と敵を倒していく格好いい姿がまた見られるだなんて嬉しい。

職場ではどんなふうに振る舞っているんだろう？　想像すると、自然と顔が綻ぶ。

「それでは、出掛ける準備と護衛の手配をいたしますね。お茶をお飲みになってお待ちください」

「ありがとう。ジョゼット」


相変わらず煌びやかな馬車に乗り込んで移動する。

窓に映る貴族街の景色を見ていると、やはり別世界に来たかのようだ。

平民街からは遠かった王城をこんなに近くで拝めるだなんて。ましてや、これからその中に入るとは、過去の自分に教えても信じないだろう。

王城は、その周りを小さな湖のような堀で囲われている。有事の際には簡単に落とせるように、橋は木造りになっているそうだ。

橋を渡り城門を通過して、城内に入ってもなお馬車は走り続ける。エヴァリーナは一緒に乗っているジョゼットに話しかけた。

「騎士団がいる場所まで遠いのね」

「はい。ですが、もう間も無く到着しますよ」

ジョゼットの言う通り直ぐに開けた場所に出た。次第にすれ違う騎士の数が増えていく。演習場の前で馬車が止まり、エヴァリーナは御者の手を借りて地面へと降りた。

演習場の前には人だかりが出来ていて、どうやらもう試合が始まっているようだ。それなのに、人々は何故かチラチラとエヴァリーナを見遣る。

「エヴァリーナ様のお美しさに皆さん圧倒されていますよ」

「ふふ、何を言っているの。ジョゼットは褒めすぎだわ」

ジョゼットは至って真面目に伝えたのだが、エヴァリーナは冗談だと思いくすくす笑った。その美しい微笑みに、更に周りが見惚れているのも知らずに。

エヴァリーナが遠目で演習場を眺めていると、後ろにいるジョゼットが声をかけられた。

「おや？　ジョゼット嬢じゃないか。……マティアスの使いか？」

「ご無沙汰しております、バルドゥル騎士団長。本日はマティアス様のお使いと、ご婚約者様の付き添いのため登城いたしました」

「――婚約者？」

「さようでございます」

筋肉隆々な男性と視線が交差する。騎士団長ということは、マティアスの上司であり、上位の貴族だろう。

エヴァリーナは事前にジョゼットから合格をもらっていた挨拶、カーテシーを披露し、頭を下げた。周りの人からほうっと感嘆の吐息が漏れる。

「お初にお目にかかります。私は、エヴァリーナと申します。以後お見知り置きを」

カーテシーを亡き母に教わった時は使う機会なんてないと思っていたけれど。こんなふうに役立つなんて人生分からないものだ。

「これはご丁寧にありがとうございます。私は、バルドゥル・アーベントロートと申します。……ところでマティアスの婚約者って本当ですか？」

「はい」

にこやかに返事をすると、バルドゥルが「全くあいつはいつの間にこんな美女を見つけたんだ？」とぼやいた。

けれど、直ぐに気を取り直し、エヴァリーナに話しかけてくれる。

「マティアスなら騎士塔にいますよ。ご案内いたしましょうか？」

「有難いお申し出ですが、騎士団長様のお手を煩わせるわけにはまいりません。案内は、ジョゼットと護衛がおりますので」

「そうですか。むさ苦しい場所ですが、どうぞごゆるりとお過ごしください」

バルドゥル騎士団長に礼を伝えて、騎士塔へと向かった。

歩きながらつい物思いに耽《ふけ》ってしまう。

（マティアスは、直属の上司に私のことを伝えていないのね）

かりそめの妻としてプロポーズされたのだから、特に不思議ではないかもしれないけれど。

少しだけ、心がちくりと痛んだ。

「エヴァリーナ様、ご覧ください。あちらが騎士塔ですよ」

近くで見る王城は、想像よりもずっと大きい。騎士塔は見上げると首が痛くなるほど高い建物だった。

ジョゼットが手続きをしてくれて中へ入ると、壁の至るところに武器がかけられていて、物々しい雰囲気だ。侵入者が入っても、直ぐに騎士が武器を取って撃退するのだろう。

そんなことを考えているうちに、ジョゼットが重厚な扉を叩いた。

「マティアス様。差し入れをお持ちいたしました」

「入れ」

「失礼いたします」

扉の向こうでは、頬杖《ほおづえ》をついて書類仕事をしているマティアスと、その部下らしき騎士がいた。マティアスは、エヴァリーナの姿を見るなり、驚いて目を丸くする。

「エヴァリーナ……？　どうして、ここに……？」

「私も一緒に差し入れを持ってきたの」

勢いよく近づいてきたマティアスが、詰め寄るように両肩に手を置く。驚いた表情が見られて嬉しい反面、びっくりさせて申し訳なくなってしまう。

「何かされてないか？　護衛は——」

エヴァリーナの背後にいる護衛を見たマティアスはため息混じりに呟いた。

「……ちゃんとついてるようだな」

「はい。有能なジョゼットが手配してくれたので。迷惑だったらごめんなさい」

「いや。そなたが無事ならいい」

肩にあった手は背中に回り軽く抱きしめられ、おでこにキスを落とされる。周りに人がいるのに少し恥ずかしい。

でも、まるで愛されているかのようなその優しい手つきと眼差しに、どきりと心臓が跳ねた。

たとえそれが契約結婚のための演技だとしても、エヴァリーナの体温が上がる。

（このままマティアスを食べちゃいたい）

一瞬、淫魔としての本能に呑まれそうになる。しかし、ここで瞳がピンクに変わったら大変だと思い直し、マティアスから少し離れて呼吸を落ち着かせた。

「エヴァリーナ様、こちらを」

「あ、ありがとう」

タイミングよくジョゼットから声がかかった。大きなバスケットをジョゼットから受け取ってマティアスへと渡す。

行きの馬車で聞いたところ、模擬戦の時は騎士団幹部が、騎士たちを奮い立たせるために豪華な軽食を用意するらしい。

「ありがとう。持ってきてくれて助かった」

「ふふ、少しでもお役に立てたなら嬉しいわ」

別にエヴァリーナがいなくても差し入れは届けられたはずだ。それなのに、マティアスが感謝してくれている状況に嬉しくて頬が綻んだ。

マティアスは一緒にいた部下の騎士へ「これを皆に差し入れてくれ」と大きなバスケットを渡した。

しかしその騎士は好奇心を隠せない表情でエヴァリーナをちらりと見た。

「副団長、此方《こちら》の美しいお嬢様は……？」

「いちいち詮索するな」

「じゃあ、俺がプロポーズをしてもいいですか！」

「殺すぞ」

マティアスが腰の剣に手をかけ、鞘《さや》から抜こうとする。

慌てたエヴァリーナは、マティアスの手を握った。殺気立った金色の瞳が、直ぐに和らぐ。エヴァリーナは安堵して、握った手を自分の頬に寄せた。

「ふふ、マティアス？　冗談でも、そんな言葉使ってはいけないわ」

「いや冗談ではないが」

不貞腐れたマティアスが拗《す》ねたように口を尖らせる。

またマティアスの新しい姿を見られた。ほんの少しだけでも嫉妬してくれたなら、こんな幸せなことはない。

エヴァリーナは笑みを深めると、部下の騎士へカーテシーをした。

「お初にお目にかかります。私はマティアスの婚約者のエヴァリーナと申します。どうぞお見知り置きを」

「こ、婚約者⁉　女嫌いのマティアス副団長が⁉」

「お前はそのカゴを持ってさっさと行け」

「分かりましたよー。エヴァリーナ嬢、俺は副団長の補佐を務める……」

「副団長命令だ。今直ぐ立ち去れ」

「ちぇー。承知しましたよー」

部下の騎士は青筋を立てて睨むマティアスをものともせず、笑顔で手を振って去っていった。

マティアスが女嫌い？　それに結局彼の名前を聞けなかった。

「あいつのことは考えなくていい。俺だけを見てくれ」

マティアスの金色の瞳がなんだか熱っぽい。あっという間に片腕で引き寄せられて、そのまま壁まで追いやられた。彼は肘をエヴァリーナの顔の真横の壁につき、まるで夜に肌を合わせている時のような眼差しを向けられる。

「……いつも言ってるでしょう。私にはマティアスだけだって」

整った顔が直ぐ近くにあり、その眼差しにドキドキして心臓がうるさい。この鼓動を聞かせてあげたいほどにマティアスを想っている。

でも——。

彼の頬にキスをして、厚い胸板を優しく突き放す。

「皆の前よ、ほら離れて？」

先ほどから空気になっている侍女のジョゼットや護衛騎士に申し訳なくて、いたたまれない。

「別にいいだろう」

「よくないわ」

マティアスは貴族だから好きに振る舞うことに慣れているのかもしれないけれど、人前で触れ合うのはいくら淫魔の血を引くエヴァリーナでも流石に恥ずかしすぎる。

「まぁ、エヴァリーナの可愛い顔が他の者に見られるのは、問題かもしれないな」

「っ！」

甘い雰囲気から一転、マティアスが揶揄《からか》うような表情になる。少し拗ねたエヴァリーナの口が尖ると、あやすように頬を撫でられた。

「そういえばエヴァリーナ。昼食は取ったか」

「いいえ。差し入れとは別に、厨房《ちゅうぼう》の隅を借りて、マティアスのためにサンドウィッチを作ったの。紅茶もポットに入れてきたわ。一緒に食べる？」

「本当か？　もちろん食べる」

一気にご機嫌になったようで、金色の眼差しが柔らかくなる。なんだか大きなネコを餌付けしているかのような気分になるのは気のせいだろうか。


模擬戦の様子が見下ろせる丘へ場所を移す。そこにはガゼボがあり、休憩出来るようにテーブルとイスが用意されていた。

春の暖かな陽気の中、マティアスはイスにどかっと座り、怠惰に肘をついた。

「マティアスは模擬戦で戦わないの？」

「俺は優勝者と対戦するんだ」

「なるほど。マティアスは強いのね」

「当たり前だ」

持ってきた軽食を侍女のジョゼットに並べてもらい、熱々の紅茶がポットから湯気を立てて注がれた。ベルガモットの香りがふわりと鼻腔《びくう》をくすぐる。

網焼きしたチキンにオレンジソースを纏わせ、野菜と挟んだサンドウィッチ。柑橘《かんきつ》を使っているので、合わせる紅茶はアールグレイにしてもらった。

相変わらず美味しそうに食べるマティアスに、エヴァリーナの頬が自然と頬が緩む。

……時折、通りすがりの騎士たちがギョッとしているのは気になったけれど。

「ねえ、さっきいた部下の方がおっしゃっていたけど、マティアスは女嫌いなの……？」

「俺はエヴァリーナ以外の女に興味はない」

「えっ？」

（脈なしな対応しかされてないけど、私に興味はあったの……!?）

思わぬ言葉に驚いていると、サンドウィッチを食べ終えたマティアスが近づいてきた。

顎がくいっと持ち上げられ、端正な顔が一気に近づく。

「ソース、ついてる」

「――ひぁ……っ」

ぺろりと、口の隅を舐められる。エヴァリーナは顔が熱くなった。

通りすぎていく騎士たちが、まるで見てはいけないものを見たとばかりに引き返して行く。

「もう！　人前では恥ずかしいって、さっき言ったばかりじゃない！」

「視界の隅で虫けらの気配がするものでな。エヴァリーナは俺のものだって見せつけたかった」

「な、何よそれっ」

「……すまない」

若干反省しているようなしゅんとした表情に、エヴァリーナの庇護欲《ひご》が湧いてくる。

手を引いたら屈んでくれた彼の耳元に両手を添えて、こしょこしょと耳に囁く。

「帰って二人きりになったら、たくさんキスして？　そうしたら許してあげる」

ふっと笑ったマティアスを見て、エヴァリーナも自然と笑みが零れる。見つめ合って笑い合うのが幸せで仕方がない。

こちらへ向かってくる足音に振り返ると、先ほどのバルドゥル騎士団長がいた。

「ンンッ、取り込み中のところすまない」

「――そう思うのなら、邪魔しないでもらいたいものだ」

「……お前、本当にマティアスか……？」

「余計なことは言うな」

憎まれ口を叩くマティアスに苦笑いしていると、バルドゥル騎士団長が胸に手を当てて、丁寧なお辞儀をしてくれる。

「先程ぶりですね、エヴァリーナ嬢。そろそろ模擬戦も終盤なのですが、マティアスをお借りしても？」

「ええ、もちろんです」

バルドゥル騎士団長に返事をすると、マティアスが勢いよくエヴァリーナを振り返った。

「おい、ちょっと待て。いつの間にお前たち知り合ってたんだ……？」

「先ほど挨拶をさせてもらったのよ」

「はぁー、やはりここを離れるのは心配だ。今後、男に話しかけられても無視してくれ」

「え？」

まるでエヴァリーナに恋をしているかのように嫉妬心を剝き出しにするマティアスは、今までとはまるで別人みたいだ。

「模擬戦が終わったら迎えにくるから、ここで待っていてくれるか」

「……わ、分かったわ」

戸惑いながらも頷くと、マティアスはバルドゥル騎士団長と一緒に模擬戦会場まで下りて行った。

（バルドゥル騎士団長の前だから、契約結婚がバレないように私のこと好きって演技をしているのかしら）

——それとも淫魔を狙う人攫いを警戒してのこと？

期待したい気持ちと、そんなはずないという気持ちが混ざりあって、頭がクラクラする。

ぼうっとしていると、それを見かねたのかジョゼットが湯気のたった紅茶を注ぎ直してくれた。

香り高いアールグレイを喉に流し込むと、なんだか気持ちが安らいでくる。

「ジョゼット、ありがとう」

「いいえ。それよりも、マティアス様の試合が始まりますよ」

「あ、本当ね」

（これからまた、私が知らないマティアスを見られるんだ）

そう考えると、不思議とわくわくしてくる。

演習場までは少し遠いけれど、ここは見晴らしがいいので、今マティアスに城の従者が何かの書状を渡しているところまでよく見える。

こうやって遠目で見ると、まるで雲の上の人だなと思う。

侯爵という地位もあり、副騎士団長でもある立派な人なのに、平民のエヴァリーナと結婚するなんていいのだろうか。

従者との会話を終えたマティアスは、会場の真ん中へ進んでいく。

彼の瑠璃色の髪の毛が、光に当たって輝いてとても綺麗だ。

――そろそろ試合が始まるのね。

木剣を構えるマティアスの姿勢には少しも隙がない。

いつもは気だるげな雰囲気だけど、今ばかりは、あの日エヴァリーナを救ってくれた時のような鋭い剣気を纏っている。

しかし模擬戦を勝ち抜いた騎士は体格がマティアスよりかなり大きくて、きっとオークの血を受け継いでいるのだろう。獰猛《どうもう》な雰囲気を醸し出している。

審判のバルドゥル騎士団長が試合開始の合図を出すと、相手の騎士がマティアスの懐へ猛進した。

「ッらあぁぁあぁ～～⁉」

相手が威圧するような大きな声をあげて、木剣を振りかざす。エヴァリーナはハラハラしながら見守っていたけれど、マティアスは難なくかわした。

それからも、マティアスは相手の騎士の攻撃をまるで子供と遊んでいるかのように軽く受け止め、弾き返していた。何度か打ち合いが続いたが、最後にマティアスが相手の僅かな隙をつく。

木剣が相手騎士の首筋ぎりぎりで止まり、決着がついた。

二人がお辞儀をすると、会場が拍手に包まれる。

相手の騎士は、汗だくで息が上がっているのに、マティアスは涼しげな顔をしている。素人目でもその実力差は明らかだった。

「わあ、マティアスすごいわ」

模擬戦が終わった瞬間、遠くにいるマティアスと目が合った気がした。

自惚れすぎかと思い直したけれど、間違いなくこちらを見て、スタスタ進んでくる。

エヴァリーナの元へ来たマティアスは、得意げな笑顔を見せた。

「エヴァリーナ、見てたか？」

「え、えぇ」

「そなたに、この勝利を捧げる」

「ふふ。何よ、それ。――きゃあっ！」

突然身体が浮いて、思わず驚きの悲鳴が上がった。

マティアスの香りが鼻腔をくすぐって、ようやく彼に横抱きされていると気付いた。

「ちょっと、マティアス」

「なんだ？」

「なんだじゃないわよ。下ろして」

「やだね。それよりこれを見てくれないか」

「え？」

マティアスに見せられたのは、平民のエヴァリーナでも見たことのある、王家の紋章が入った手紙だった。

もしかして、さっき王城で従者の方に渡された書状……？

「丁度書類が揃ったんだ。せっかくエヴァリーナが登城しているし、夫婦になる手続きをするか？」

「え？　っていうことは、私貴族になったの？」

マティアスと結婚するには、貴族の養子になる必要があると言っていた。それに彼は、名門貴族なのだし、もっと大々的に結婚式をするのかと身構えていたけれど……。

「ああ。そなたは今日付けで、エヴァリーナ・フォン・リンドンになる。そして、明日からは――」

〝エヴァリーナ・フォン・レオシヴェル〟

マティアスと同じ名前を名乗れる。それが何よりも嬉しい。

でも、あれ？　明日からと言った？

「まさか明日、婚姻するの……？」

「いや。今日、この後」

「え⁉」

戸惑いの声が出たのは仕方のないことだろう。まさか契約結婚とはいえ、こんなにも早く婚姻するとは誰も思わない。

「さっき国王陛下より結婚承諾書を賜った。これを出せば籍を入れられる」

「ねえ。侯爵家なのに、結婚式をしなくて大丈夫なの？」

「……エヴァリーナの美しい姿を見せ物にしたくはないからな」

答えになっていない答えを聞いて、頭に疑問符がたくさん浮かぶ。

その最中にも、マティアスはエヴァリーナを横抱きにしたまま王城の奥へと進んでいく。

「ちょっと、マティアス！　どこへ向かってるの？」

「許可をもらったから、庭園へ行こう」

マティアスの歩みが止まったのは、息を呑むほど綺麗な王城庭園だった。

目を奪われるほど、色鮮やかな春の花々が視界いっぱいに咲き誇り、低木も手入れされて一寸の狂いもなく丸い形に整っている。

たくさん咲いている、かすみ草の小さくてころんとした白い花が、暖かな風に揺れている姿がとっても可憐《かれん》だった。

「きれいね」

ようやく地面に下ろしてくれたマティアスの腕に手を添えて、庭園へ進んでゆく。白、ピンク、淡紫色に統一された花たちがエヴァリーナの目と心を喜ばせた。

頬が綻んでマティアスを見上げれば、彼も心なしか愉しそう……だと思ったのに。彼はかすみ草のエリアに踏み込み、その茎を短剣で切った。

「ちょ、ちょっと。勝手にかすみ草を摘んでもいいの……？」

「さっき言っただろう。許可は得ていると」

マティアスはかすみ草を何本か摘んだかと思えば、花冠を上手に編んでいく。剣だこの出来た大きな手で花を編む姿がなんだか愛おしい。

大好きな彼の手でどんどん出来上がっていく様子をじっと眺めていると、完成したかすみ草の花冠はエヴァリーナの頭に乗せられた。

「ふふ、ありがとう。似合う？」

「ああ。よく似合っている」

「まるで建国物語の初代両陛下の結婚式みたい。マティアスって器用なのね」

昔、むかし。子供のころ、平民街の広場によく来ていた吟遊詩人が紡ぐ、この王国の伝説である〝建国物語の運命の恋〟に憧れていた。

特に好きだったシーンは、初代国王陛下が後に王妃陛下となる大好きな女の子の頭にかすみ草の花冠をかぶせて、二人だけの結婚式をするところ。誓いのキスをすると、精霊の光が集まって祝福したと吟遊詩人は唄っていた。

だから小さい頃から、大好きな人に花冠を贈られることに強い憧れがあったのだ。

「……練習したんだ。エヴァリーナに贈りたくて」

「あら？　私、あの物語が好きって言ったっけ？」

「――ああ。昔にな。その時に、エヴァリーナと約束した」

「……え？」

昔？　マティアスと関わるようになってから、まだ二ヶ月しか経っていないのに、彼はおかしなことを言う。

（食堂で働いていた時に、そんな話をしたかしら？）

少しの疑問と、違和感。

しかしマティアスに手を差し伸べられたら、その引っ掛かりはどこかへ行ってしまう。

「ほら、結婚式をやるぞ」

「えっ？　さっき、やらないって……」

「二人だけなら問題ない」

エスコートされたのは庭園から直ぐの建物だった。

中へ入ると、真正面にあるステンドグラスの窓から色とりどりの光と影が入り込み、奥へ進むと女神像が静かに目を閉じていた。

「ここ、もしかして……」

「初代国王陛下と王妃陛下が二人だけの結婚式をした聖堂だ」

「本当に？」

まさか大好きだった物語の舞台に立っているだなんて。それに今かすみ草の花冠を被っている。確かあのお話ではこの後……。

「エヴァリーナ。この先どんな苦難があろうとも一緒に乗り越えよう」

「はい。あなた様と共に、最期まで隣を歩きましょう」

女神像の前で、誓いのキス。触れるだけの口付けをして、瞑《つぶ》っていた瞼を開く。

すると、あまりに非現実的な光景が瞳に映った。

「わあ……っ」

まるで、夢の中みたい。

精霊の光が、まるで二人を祝福しているかのように宙を舞っていた。その光に触れると、ほのかに温かくて心地よい。

マティアスも驚いて目を丸くしていて、二人で顔を見合わせて笑った。

「精霊なんて、初めて見たわ」

「ああ、俺も。——エヴァリーナ、手を」

幻想的な空間の中で、マティアスは懐から出した小さい何かを、エヴァリーナの左手の

薬指にはめる。

「こ、これは……」

「揃いの指輪だ。肌身離さず身につけていてくれ」

左手の薬指に輝くのは、ゴールドの指輪。太めのアームに、蔦《つた》の模様が細かく彫られていて、中央には長方形にカットされたラピスラズリが埋め込まれていた。

そのラピスラズリの瑠璃色が、マティアスの髪色のようで素敵だった。

「っありがとう！　一生大切にするわ」

「エヴァリーナ。これを俺にもはめてくれ」

「――……っ」

マティアスに渡されたのは、エヴァリーナの左手の薬指に輝く指輪と同じ形のものだ。しかしその中央には、透き通ったアメジストが埋め込まれている。

それはまるで、エヴァリーナの薄紫色の瞳のようで、胸が高鳴った。

「ほら、はやく」

感動に震える手で、マティアスの左手を掬って、薬指にゴールドの指輪を滑らせる。

マティアスの手に、エヴァリーナの色が輝く。

「そなたの色が、俺によく似合うだろう」

「ええ。とっても」

マティアスが得意げに笑うものだから、心臓がもたない。

目頭が熱くなって、次第に視界が滲《にじ》む。

「ありがとう、マティアス」

「エヴァリーナ。大切にする」

その言葉を聞いた時に、ついに瞳にたまっていた涙の粒が頰を伝って零れた。

契約結婚だというのにこんなにも幸せにしてくれるなんて、本当にずるい人。

エヴァリーナは堪らず、彼の首に抱きつく。そして愛を込めて、唇を重ねた。

(好き、大好き。マティアス、早く私を好きになって)

この美しい光景はきっと一生忘れないだろう。

ステンドガラスから入り込む夕陽。精霊の光に、マティアスの微笑み。

全てを瞼の裏に焼きつけて、いつかこの景色を自分の手で描いてみたいと思うくらい、胸が熱くなった。

黄昏《たそがれ》時。精霊に祝福された二人は署名をした文書を王城に提出した。

ついに、王国に認められた夫婦となったのだった。

＊　＊　＊

「マティアス、待っ」

帰路の馬車ではベッドでエヴァリーナを押し倒している。

「待てない」

帰宅して早々に、着替えもせず、食事も取らずに寝室へと連れ込まれた。帰路の馬車では奇妙なほど無言だったマティアスが、今はベッドでエヴァリーナを押し倒している。

情熱的に唇を奪われ、口付けが止まらない。

二人の間に銀糸が伝って、ようやっと離れたと思ったら、甘い言葉が耳元で囁かれる。

「念願の初夜だから、加減してやれない」

「っ、念願って、いつもしてるのに……！」

——それに、今まで加減なんてしてくれたことなんてない。

淫魔の血を引くエヴァリーナのお腹がいっぱいになっても続いていた行為。

まさかあれで、手加減してくれていたっていうの……？

「今宵は、特別だ」

「……どうして？」

いつもと違う様子のマティアスに戸惑いが隠せない。

目尻へ、首筋へ、鎖骨へ。優しい口付けのたびに、心臓が跳ねる。

まるで都合のいい夢が続いているようで——。

「エヴァリーナと結婚した日だから、特別に決まっている。それに明日は非番だ」

「でも、契約結婚なんじゃ……」

疑問に思っていた言葉が、マティアスの唇に塞がれて奪われる。

いつも以上に蕩けた金色の瞳に、心臓がうるさい。

「今はそれで構わない。だが、覚悟しておけ」

この後の行為を期待させるかのように、彼の親指がエヴァリーナの唇を滑らせる。

「俺は、妻となるエヴァリーナに執着する。決して手放さない」

「――……っ」

きっと〝妻〟という存在だから、そう言ってくれるのね。

私自身を愛してくれているのではないのだろう。

優しいけれど、残酷で。それでも嬉しく思ってしまうのだから虚しい。

だけど、この役目を他の人に譲りたくない。

これからも何があってもこの座は誰にも渡さない。

「私と結婚してくれて、ありがとう」

平民でその上、淫魔の血が混じるエヴァリーナと結婚するだなんて、世間が知ったらどう思われるか。

それなのに受け入れてくれたマティアスには感謝の気持ちでいっぱいだ。

「それはこっちの台詞だ。――昼間、そなたを怒らせてしまったから、二人きりになった今、許してもらえるようにたくさんキスしないとな」

再び唇を塞がれて、無我夢中でマティアスの舌を追いかけた。キスだけで気持ちよくて、蕩けていく。いつも通り彼は甘くて、美味しい口付けに酔いしれる。

エヴァリーナの瞳は、薄紫色からピンクに変わっていった。

角度を変えて、繰り返しキスをしていると、マティアスの手がスカートの中に入り込む。

そっと内腿を撫でられる甘い刺激に、ぞくりと身体が震えて吐息が漏れた。

「っひぁ」

腹が熱い。キスをしただけで蜜が滴っているのにもっと溢れてしまいそう。

それがいつも恥ずかしくて、だけど全て曝《さら》け出したいような気もして、もどかしさが募っていく。

(もっと、核心に触れてほしい……)

そう思った時、ショーツの布地をマティアスの指が掠《かす》める。

くちゅりと淫猥《いんわい》な音が、彼の耳にも届いてしまう。

「またこんなに濡らして」

「や、だって……っ」

恥ずかしい。でもマティアスの熱は上がったようで、ショーツの隙間から手が入り込む。

ぬかるみに指を沈め蜜を纏わせると花芯のまわりをくるりと一周した。

「ひゃあ、っんぁ」

そしてもう片方の手で服の上から胸を揉みしだかれる。

胸の先端を布越しに爪でカリカリ刺激されて、同時に秘部の花芯も撫でられる。あまりの気持ちよさに、視界がチカチカしてくる。

「っあ、も、だめぇ……！」

上りつめた快感が一気に弾けた。乱れる呼吸と、ガクガク震える身体。

それを眺めるマティアスが、性急に騎士服の下穿《したば》きをくつろげ始める。

「はー、可愛い。ダメだ、余裕ない」

「えっ」

「エヴァリーナも、はやく俺を食べたいよな？」

マティアスの金色の瞳が淫靡《いんび》に染まっていた。

直ぐに、立派な熱棒があらわになると、エヴァリーナのドレスの裾が大きく捲り上げられて両足を開かれる。

マティアスはエヴァリーナのショーツをずらすと、ひくついた蜜口に熱いものをあてがった。

「早く一つになって、夫婦になったと実感したいんだ。――なあ、挿れてもいいか？」

「ん、私もマティアスが欲しい。私の旦那様」

エヴァリーナが潤んだ瞳で返答すると、その瞬間、ずずんと大きな質量が入り込んで来た。奥まで全部入ると、また口付けを落とされ、大切そうに抱きしめられる。

「やっと手に入れた」

ため息混じりに紡がれたマティアスの言葉が、どこか余裕のない様子でたまらなく愛おしい。背中に腕をまわすと、彼が甘えるように首筋に擦り寄ってきた。

そのまましばらく動かず、静かに口付けを交わす。

「好きよ、マティアス」

――どうか、この想いがあなたの心の奥底まで届きますように。

エヴァリーナが目を閉じて願っていると、鼻の先にちゅっと音を立てたキスが降ってくる。

その可愛らしい音にくすりと笑うと、視線が交差したのを合図に抽挿が始まった。

マティアスの言葉通り、今までの行為は手加減されていたと認めざるを得ないほど、激しく執拗《しつよう》に求められた。

何度も何度も達して、果てて、また交わって。

途中でシャワーを浴びて、軽食を取って、とうとう終わりかと安心したら、何度目かのまぐわいが始まって。

エヴァリーナが音を上げたのは、空が白み始めた頃だった。

腰が重くて声も枯れ、ぐったりと横たわって目を瞑る。髪の毛を優しい手つきで撫でられると直ぐに微睡んで、意識が沈んでいく。

「……リーナ。早く、思い出してくれ」

（えっ？）

夢の世界へ飛び立つ瞬間、甘さを孕《はら》んだ声が聞こえた気がした――。

第二章　何故か甘い新婚生活

ふと気が付くと、真っ白な世界に居た。

霧に包まれた静かな湖畔だけがある不思議な空間。

その桟橋前で、少年が泣いていた。

私は慌てて駆け寄って声をかけようとする。

しかし『大丈夫？』という言葉が口から出てこない。

それに彼にはこちらの姿が見えていないようだ。

私も少年がぼんやりと滲んでいて、はっきりと見えない。

まるで透明人間にでもなったかのよう。

嗚咽《おえつ》しながら泣いている少年を眺めるしかない。

どうしたものかと悩んでいるうちに、ふと現れた一人の少女が彼に声をかけた。

「どうしたの？　どこか痛い？」

「う、っぐ。だれ……？」

「わたしは、[redacted]。あなたは？」

「おれは、■■■」

何故か名前の部分だけ上手く聞き取れない。

じっと小さな二人を眺めていると、霧がどんどん濃くなっていく。

次第に太陽の光が射し、霧が晴れると私は別の場所に移動していた。

そこは辺り一面かすみ草でいっぱいの花畑で、彼らは笑い声をあげながら、花を摘み遊んでいた。

相変わらず二人の顔は見えないけれど、あんなにも咽《むせ》び泣いていた男の子がご機嫌な様子で微笑ましい。

「いつか、■■■と結婚する！　その時は花冠をちょうだい」

「いいよ。必ず■■■を見つけるから」

（これは……夢……？）

少年の瑠璃色の髪の毛だけが、やけに鮮明で。ずっと見ていると眩しくなる。

どこか愛おしい記憶のような、不思議な感覚がして彼へ向かって手を伸ばしたけれど、その手は虚しく空をきった。

＊　＊　＊

エヴァリーナは、ぼんやりと目を覚ます。

……懐かしい夢を見た気がした。

暖かい毛布にくるまったまま伸びをすると、マティアスと肌を重ねた後なのに身体が軽い。

いつもなら少し気だるいのだけど、まるで昼すぎまでよく寝た時のようなスッキリ感だ。

（もしかして、寝坊しちゃった……？）

慌てて飛び起きて窓から外の様子を伺うと、幸いにも陽は一番高くまで上り切っていない。

きっとまだお昼前だと安心して一呼吸すると、横からもぞもぞと布が擦れる音がした。

隣にはマティアスがまだすやすやと寝ている。

彼の頬が枕で少し潰れているのが、なんだか可愛くて頬が緩む。

昨夜はまるで飢えた獣のようにエヴァリーナを抱き潰したのに、今はあどけない少年のような寝顔だ。

（結婚、したのよね）

左手を高く上げて、薬指に輝く指輪を眺めると改めて実感する。天国にいる母も喜んでいるといいのだが。

緩んだ頬をそのままに、指輪へ埋め込まれたラピスラズリを陽の光に当てて煌めきを楽しむ。

しばらくすると横から腕が伸びてきて、ぎゅっと抱きしめられた。

「起きてたのか」

「おはよう。私の旦那様」

寝起きの掠れた声。

眠そうに肩へ額を擦り付けてくるマティアスが愛おしい。

瑠璃色の髪の毛にキスを落とすと、今度はエヴァリーナの額へ口付けのお返しがきた。

幸せで笑みが溢れて、見つめ合って額と額をくっつける。

マティアスはいたずらっぽい無邪気な笑顔を浮かべると、エヴァリーナの鼻の先パクッと食んだ。

「ふふ、もう……」

「おはよ。身体は大丈夫か？」

「ええ、なんだか不思議と元気よ」

「そうか」

左手にはめてある指輪を確かめるようになぞられると、なんだかくすぐったい。

マティアスは満足そうな顔をしていて、胸がきゅんとときめいた。

「肌身離さずつけてくれよ」

「もちろん。でも、昨日も同じこと言ってたわ」

「俺は案外心配性なんだ」

意外な言葉にくすくす笑っていると、ぐうっと腹の虫が鳴いた。

昨夜は互いを貪り合う合間に軽食を摘んだけど、たくさん動いたからか食欲が湧いているようだ。

「お腹がすいたわ」

「なにが食べたい？」

「うーん。ブランチだから、しっかりと食べたいわね」

「じゃあ、俺を食べるか？」

「ば、ばかっ！」

真剣になにを食べるか考えていたのに、あまりにマティアスが色っぽくとぼけるものだから顔が熱くなってしまう。

それに先ほどから薄々気がついていたけれど、抱きしめられて密着しているから彼の硬いものが太ももに当たっている。

せっかく寝て回復したのに、また抱き潰されてしまったらたまらないと彼の胸を押し返した。


なんとか無事にブランチを食べ終え、空腹を満たした後。

春の暖かい陽射しが気持ちいいテラスで、マティアスと食後の紅茶を味わっていた。

いつも通りの綺麗な所作でティーカップを傾けた彼が、穏やかな表情でエヴァリーナに声をかける。

「今日はせっかくの非番だから一緒に出かけるか？」

「………っ！」

（そ、それって、もしかしなくてもデートなのでは⁉）

マティアスから誘ってもらえたことが嬉しくてドキドキする。

だからエヴァリーナは、つい前のめりで喜びのまま答えた。

「ええ、もちろん！　絶対に行きたいわ！」

「っふ。元気がいいな。どこか行きたい場所はあるか」

「そうね……」

しかしデートなんてしたことなかったから、どこに行けばいいか思い浮かばない。

エヴァリーナが悩んで唸り声を上げると、手を掬われて、指先へキスが降ってくる。

パッと上を見ると優しげな金色の瞳と目があった。

「貴族街にイチゴのパルフェの有名な店がある。イチゴの季節はそろそろ終わってしまうから、その前に一緒に行ってみるか？」

「本当っ⁉」

イチゴはフルーツの中でも特に贅沢品だ。木苺《きいちご》よりも何倍も大ぶりで、ずっと甘い。

以前にマティアスがお土産で持ってきてくれて初めて食べたけれど、とっても甘くて果汁が溢れて、とにかく感動した。

それ以来、イチゴはエヴァリーナの大好物だ。

「またイチゴが食べられるのね！　マティアス、ありがとうっ」

「好きなものはなんでも食べるといい。俺の妻なのだから」

「——……っ」

そう言い放つマティアスが、目尻を下げて綺麗に微笑んでいて、思わず見惚れてしまった。……まるで本当に愛されているかのよう。

エヴァリーナはこれからの結婚生活で、弾みすぎる心臓が保つか不安になった。


ジョゼットが用意してくれた、イチゴ色のドレスとパンプス、同じ色のリボンがついた麦わらのボンネットを身につける。

「奥様、大変麗しいです」

「ありがとう！　でも、ジョゼット。一番そばにいる侍女のあなたにはこれからも名前で呼んでもらいたいわ」

「エヴァリーナ様……！　ありがとうございます。仰せの通りに」

「ふふ、よろしくね」

身支度が整い、レースの日傘をさして馬車へと歩む。

そこにはシルクハットにモーニングコートを着た正真正銘の貴公子、マティアスが待っていた。眩しいほど格好よくてドキドキする。

彼が手を貸してくれたので、そこへ自分の手を重ねて馬車へ乗り込む。

「マティアス、素敵だわ……っ！」

「エヴァリーナはまるでイチゴのようだな」

「ふふ、ジョゼットが選んでくれたの。……って、食べちゃダメよ？」

何故か金色の瞳がギラギラとしていたから、思わず念を押す。

だけど、直ぐに髪の毛をさらりと掬い取られて、キス落とされる。

「ダメっていったのに……！」

「これで我慢してやろう」

悪びれもせず言い放つマティアスが少し憎たらしいが、それも格好いいと思ってしまうのだから重症だ。

煌びやかな馬車や、貴婦人の格好は未だ慣れはしない。けれども、マティアスの生きる世界で隣にいたいから、出来るだけ早く慣れなくては。

熱くなった顔を彼へ見せないように、馬車の窓に映る景色を眺める。

あっという間に王城を通りすぎて、もう貴族街を走っているようだ。

店の眩いショーウィンドウが見えてくると、マティアスが合図して馬車が止まった。

彼にエスコートをされて、綺麗なタイルの道に足をつく。

周りはもちろん貴族ばかりだ。

エヴァリーナは服装を整えてもらっても、ついこの間まで食堂で働いていた平民だ。

なんとなく場違いのように思えて、少し気後れしてしまう。

「私、周りから浮いていないかしら」

「誰よりも美しい俺の妻だ。問題ない」

「も、もう。揶揄わないで」

たとえ冗談だと分かっていても心臓に悪い。軽く腕を叩くと、手を添えられて腕を組むような形になった。

彼に連れられて少し歩くと、イチゴが描かれた可愛らしい看板が見えてきた。

「マティアス、あそこのお店ね？」

「ああ。よく分かったな」

人気だと言っていたけれど列は出来ていないようだ。

店の人が扉を開けてくれると、中央にいる上品な服装の女性と、その後ろにいる大勢のウェイトレスが出迎えてくれた。

「ようこそいらっしゃいました。私は支配人のアニータと申します。どうぞこちらへ」

上品な服装の女性はそう名乗ると、エヴァリーナたちを店の一番奥にあるゆったり過ごせそうなソファ席へ案内してくれた。店内は何故かガランとしていて、他の客は見当たらない。

直ぐにレモン水が用意されて、丁重にメニューを渡される。ウェイトレスが下がった後、マティアスに小声で話しかけた。

「もしかして、オープン前だったのかしら？」

働いている従業員数は多いのに、エヴァリーナたちしか客がいないのはおかしい。

見る限り店内はとても綺麗に保たれていて高級感もある。

だから人気が落ちているだとか、そういったことはないと思うのだけど。

「今日は夜までこの店はオープンしないぞ。貸し切っているからな」

「え？」

に、人気店を貸し切ったですって？

このお店に行くのを決めたのは今日なのに、一体どうやって⁉

「当たり前だろう。エヴァリーナと初めてのデートなのだから」

「な、な……っ！」

長い睫毛を伏せて、照れくさそうにしているマティアスに堪らず赤面してしまう。

本当に大切にしてくれようとしている。そのことが擽ったい。

「周りを気にせず、好きなものを好きなだけ頼むといい」

「ありがとう。マティアス」

来店予定のあった他の客に本当に申し訳ない。

けれど、マティアスがエヴァリーナを想って行動してくれたことが嬉しい。

「…………勝手をして怒らないのか」

「どうして？」

「エヴァリーナなら、他の客に迷惑をかけることはするなって言うと思ったが」

「そうね、確かに申し訳ないなと思うわ。でも私、マティアスとのデートに浮かれているの」

――この幸せを堪能したい。今だけは許してほしい。

綺麗に笑うマティアスを独り占めしたいから。

注文を決めて、他愛のない会話をしながら待つ。

先にお勧めのアッサムティーがきて注いでもらう。基本的にミルクを淹れるお茶だけど、ストレートでも美味しい上質な茶葉を使っているのだとか。

一口飲むと、砂糖を入れていないのに、ふくよかな甘みが広がって美味しい。

彼も美味しい紅茶を飲んで片眉を上げて機嫌をよくしているし、一緒に楽しめて嬉しいけれど、マティアスのところに来てから確実に舌が肥えてしまった気がする。

「お待たせいたしました。イチゴのパルフェでございます」

「わあ！」

テーブルに置かれたのは、花が開いたような形のガラスの大きな器に、甘酸っぱいイチゴが贅沢にトッピングされているパルフェ。

中央にはミントが添えられていて彩りがよく、見た目も可愛らしくて、まるで繊細な芸術品かのよう。

もちろんマティアスの前にも同じものが用意されている。

「ほら、遠慮せず食べろ」

「ええ！」

底まで届くよう長く作られたスプーンで、生クリームとイチゴをすくって口へ運ぶ。

イチゴのフレッシュな甘みに、ジューシーな果汁。それに合うように作られた軽くて甘さ控えめだけどミルキーなホイップクリーム。

「お、美味しすぎるわ～っ！」

「ああ。美味いな」

黙々と食べ進める。もちろんイチゴがメインなのだけど、香り高いバニラアイスや、砕かれたクッキーで食感に変化が出て飽きずに食べ進められる。

その合間にまったりとした濃厚なカスタードクリームが仕込まれていて、ホイップクリームと見事に調和していた。

お勧めしてもらったアッサムティーも、イチゴパルフェによくあって至福の時間だ。

マティアスはぺろりと完食し、少し遅れてエヴァリーナも全て平らげた。

意外にも彼は甘いものが好きで、エヴァリーナと一緒によく食べてくれる。

大好きなマティアスと一緒に食べると、美味しいものがより美味しく感じられるから不思議だ。

贅沢なパルフェを食べ終えて紅茶を楽しんでいると、ふと彼に聞いておきたいことがあったのを思い出した。

「そういえば、マティアス……」

「なんだ？」

「結婚のご挨拶が必要な人はいないのかしら。たとえばマティアスのご両親や、私の貴族籍を受け入れてくださった方々とか」

「俺の両親への挨拶は不要だ。手紙で知らせてある」

マティアスと家族の間に確執があるのはなんとなく察している。詳しく何があったか気になるけれど、ここで聞くのはやめておいたほうがいいかもしれない。

彼の様子を眺めていると、長い足を組み直して少し考えた後、言葉を紡いだ。

「そうだな。確かに、エヴァリーナを受け入れてくれたリンドン伯爵には、挨拶をしたほうがよさそうだ。ちょうどこの近くの画廊で個展を開いている。見に行ってみるか」

「こ、個展？　伯爵様は芸術家でいらっしゃるの？」

「ああ。有名な画家だ」

絵画には興味はあったけれど、平民のエヴァリーナにとって雲の上の存在だった。

それに、代々画家の家系である人しか絵を描けないと思い込んでいた。

「貴族でも絵を嗜《たしな》まれる方がいらっしゃるのね」

「そうだな。音楽や絵画、刺繍に文芸などの芸術分野を趣味に持つのは、貴族の嗜みとも言われている。同じ趣味を持つ者たちの集まりもあるから、何か趣味を持っていると社交面で有利になる」

「それじゃあ、マティアスも何か趣味があるの……？」

エヴァリーナがそう問うと、マティアスはばつの悪そうな表情を浮かべた。

あまり話題にしないほうがいいことだったかと首をこてんと傾げると、沈黙の末に彼が小さく呟く。

「……あいにく俺はそういった類に明るくない。もっぱら剣と魔法一筋だ」

「ふふ、マティアスは強いものね。――あっ！　趣味を持つことで貴族同士の親睦を深めることが出来るのなら、私が趣味を持てばマティアスの役に立つんじゃない⁉」

「確かに役立つだろうが……そもそも俺は社交界に出る機会は限りなく少ない。だから、エヴァリーナが無理をする必要はない。ただ、そなたにやりたい趣味が出来れば全力で応援しよう」

「うん。ありがとう、マティアス！」

なんでも器用にこなすように見えるマティアスにも苦手なことがある。

彼の役に立てそうなことも見つかって、エヴァリーナは少し嬉しくなった。

イチゴパルフェの店から数分歩いた先に画廊はあった。

正門には女神の彫刻が優雅に微笑み、中に入ると緑が豊かで建物にまで植物がつたっていた。

流石は貴族の芸術家が個展を開く会場だ。どこの景色を切り取っても美しい。

「おや。エヴァリーナちゃんじゃないか」

「あら？　ドミニクおじ様。ご無沙汰しております」

突然声をかけられたのは食堂の常連であるお客様だった。

ドミニクは、同じく食堂で働いていた母と親交があり、エヴァリーナをまるで娘のように可愛がってくれた。

年は四十半ばくらいで、白髪混じりのブロンドヘア。母が亡くなった時には養子にならないかとまで声をかけてくれた穏やかで優しい人だ。

——でもどうして貴族街の画廊に……？

ドミニクも同じことを思ったようだ。目を丸くしてエヴァリーナを見ている。

しかし直ぐに考え至ったのか、自分の手のひらを叩いて言葉を発した。

「ああ、レオシヴェル侯爵が連れてきてくれたんだね」

何故ドミニクがマティアスを知っているのだろう。疑問が頭を渦巻いた瞬間、直ぐにマティアスが答えを紡ぐ。

「紹介しよう。こちらがリンドン伯爵だ」

「えっ？　ドミニクおじ様が⁉」

まさか食堂に来ていた彼が貴族だったなんて。

エヴァリーナは驚きのあまり大きな声が出た。

周りの視線を集めてしまったことに気が付き、慌てて口を塞ぐ。

言われてみれば、今のドミニクの服装は上質な仕立てで貴族にしか見えない。食堂に来る時はもっと質素な格好をしていたのに。

「ご、ごめんなさい。私、全然知らずに……」

「いいんだ。わざと黙っていたのだから、エヴァリーナちゃんが気にすることはないよ」

「でも……」

「正式に私の娘となったんだ。大して役にも立たない父に気を使わないでくれ」

やけにしょんぼりと落ち込む彼に、エヴァリーナは慌てて駆け寄った。

「そんなことありません。ドミニクおじ様が私を受け入れてくださらなかったら、マティアスと結婚出来なかったもの。本当に感謝しています」

ずっと気にかけてくれていたドミニクが義父になってくれたと知って驚いた。けれど同時に喜びが湧いてくる。今まで親と言えば母しかおらず、父はいなかったから。

そもそも父が人間だということしか教えてくれないまま母は亡くなってしまった。

「ドミニクおじ様。──いいえ、リンドン伯爵様。私を養子にしてくださってありがとうございます。これからよろしくお願いいたしますね」

「ああ、もちろんだとも……！　力になれることがあったらなんでも私に言っておくれ」

ドミニクは心の底から嬉しそうに微笑んでいるのだが、その顔はなぜか泣いているようにも感じた。

確か彼には家族がいたと思うのだけど、どうしてそんなにも感傷に浸るような表情を浮かべているのだろうか。

(そんなにも、お母様と深い仲だったのかしら)

少し疑問に思うも、逞しい腕が肩に回ってきて思考が止まる。

上を見ると少し拗ねたような顔のマティアスが口を尖らせていた。

「そろそろ中へ入って絵を見てまわろう」

密着して耳もとで囁かれた言葉は、なんてことなかったのに、マティアスの唇が僅かに耳朶へ擦れて反射的に顔が熱くなる。

「リンドン伯爵。我々は中に入って、そなたの個展を楽しむとしよう。また後ほど挨拶に参る」

「どうぞ、心ゆくまで楽しんでいってください」

画廊に飾られた数々の作品に圧倒される。

エヴァリーナは初めて目にする風景画に目を奪われた。

大きなキャンバスに柔らかい色合いで、自然の風景や、王都の街並み、高い山々が描かれている。

隣にいるマティアスが見守ってくれていることを感じながら、話すのも忘れて絵画に魅入った。

展示のメインは、三点の太陽の絵で、日の入り、正午、夕焼けが描かれていた。

レオシヴェル侯爵家で目にした絵画は、どれも肖像画や神話が描かれていた。

もちろんそれらも綺麗だったのだけど、風景画は珍しい。リンドン伯爵の目を通して描かれた温かい風景が心にじんわりと響いてゆく。

　順路通り進んでいき最後の絵画を見終えると、感嘆の吐息が洩《も》れた。

「エヴァリーナ、やはり絵に興味があるのか？」

「ええ。今まで縁はなかったけれど、綺麗な景色を描いてみたいと思ったことはあるの。だからか、リンドン伯爵様の温かい風景画に心奪われたわ」

「リンドン伯爵、聞いたか？　少し落ち着いたら、エヴァリーナに絵を教えてほしい」

「ま、マティアス！」

　いつの間にか姿を表していたリンドン伯爵が今の話を聞いて、穏やかに微笑みを浮かべていた。

「エヴァリーナちゃんが望むならいつでもお屋敷に伺いましょう」

「よかったな、エヴァリーナ」

「ちょ、ちょっと、マティアス！　リンドン伯爵だってお仕事や、絵画の制作があるからご迷惑でしょう。無理を言ってはいけないわ」

「娘と過ごす時間はいくらでもある。……それとも、エヴァリーナちゃんは私に教わるのは嫌かな？」

「そ、そんなことはありません！」

「それじゃあ、レオシヴェル侯爵が言うように、落ち着いたら手紙をおくれ」

「――は、はいっ。よろしくお願いします！」

まさかの展開に驚きが隠せない。

今までまともに絵を描いたことがないからきちんと上達するか分からないけれど、これで少しはマティアスの役に立てるかしら。

もし叶《かな》うのならば、マティアスと二人だけで結婚式をした時に聖堂で見た、あの景色を描いてみたい。

キラキラと輝く精霊と、ステンドグラスから入る夕焼けの光。それに王城庭園のかすみ草も……。

さっそく描きたいものが思い浮かんで頬が緩むエヴァリーナを、マティアスが温かい眼差しで見つめていた。


画廊を出ると、陽が傾き始めた時間だった。

マティアスとのデートもそろそろ終わりかなと考えると、じわじわと寂しい気持ちが膨れ上がってくる。

すると彼がエヴァリーナの顔を覗き込んだ。

「疲れてないか?」

「ええ。私、体力だけはあるのよ」

なんて言ったたって食堂で働いていたのだ。それに最近やけに身体の調子がいい。

自信満々にそう答えると、マティアスはくすりと笑って、ある方角に目を向けた。

その視線の先には、かの有名な噴水広場があった。

「──噴水広場、行ってみるか」

「いいの……？」

「もちろんだ。まだ疲れていないのなら行こう」

噴水広場は、元々建国物語に出てくる歴史のある泉があった場所。そこで出会った初代両陛下が結ばれたことから、愛の泉とも呼ばれる。

そんな憧れの場所にマティアスが誘ってくれるだなんて。あまりに嬉しくてつい笑ってしまう。

「そんなに建国物語が好きなんだな」

「ええ。昔よく、吟遊詩人が建国物語の〝運命の恋〟を唄っているのを聴きに行ったわ」

建国物語にもいくつも唄がある。戦をテーマにしたものや、聖剣伝説だとか。

だけどエヴァリーナは、運命の恋の唄が好きだ。

女神様から使命を与えられた初代国王陛下の隣に、芯の強い王妃陛下がいる。二人は共に歩み、支え合って同じ空を見る。

世間では女性が一歩下がって男性を立てるべきとも言うけれど。エヴァリーナの理想の夫婦像は、建国物語に出てくる初代両陛下の並んで歩む姿だ。

「いつか私も同じように、とずっと願っていたの」

「──その相手は、俺でいいか……？」

「……っ」

まさかのマティアスの言葉に、心臓がどくんと音をたてる。

金色の瞳を見上げると、どこか熱っぽくて緊張の色が孕んでいた。

「マティアスがいいのなら。愛の泉へ銀貨を一緒に投げましょう」

「もちろんだ」

差し出された手に引き寄せられるように触れると、指を絡めて手を繋がれる。初めての繋ぎ方に、胸がときめきでいっぱいになっていく。

互いに手袋はしているけれど、布ごしに熱が伝わってしまいそうで緊張して、でももどかしい。

――愛の泉へ銀貨を投げた後、口付けを交わしたカップルは永遠に結ばれる。

昔からある言い伝えをマティアスは知っているのかしら。

もし知っていたとしたら、少しは期待してもいいの……？

噴水広場の中に入ると数多くのカップルが寄り添って甘い雰囲気を醸し出していた。

自分たちも、同じように思われているのかと思うと擽ったくて堪らない。

ずっと憧れていた愛の泉は、幸せの象徴と言われる白鳥の彫刻が飾られている。

二羽の白鳥がくちばしを合わせてハートの形を作っていて、本当に恋人の聖地なのだと実感した。

「ほら、これを」

「ありがとう」

懐から銀貨を二枚出したマティアスが、エヴァリーナに一枚渡してくれた。

噴水を覗いてみると銀貨がたくさん沈んでいる。投げられた銀貨は、定期的に集められて寄付されているらしい。

彼と目を合わせて、同時に手から銀貨を落とす。水面にぽちゃんと落ち、波紋が広がっていくのを見届けた後、マティアスに腕を引かれて抱きしめられた。

（いつかマティアスと両想いになって、毎日好きと言い合える幸せな家庭を築けますように）

夕焼けに照らされた二人の影は重なって離れない。周りに人もいるのに、何度も何度も重ねられるマティアスの唇。彼の首に抱きつくと、より口付けが深くなった。

唇が名残惜しそうに離れると、耳元で小さく囁かれた。

「エヴァリーナ、瞳がピンク色に変わってる」

「――……っ」

「その可愛い顔を誰にも見せたくない。このまま抱き締めていてもいいか」

恥ずかしくて目線を合わせずこくりと頷き、マティアスの頼もしい胸板に顔を埋める。

瞼を閉じて彼の香りに包まれると安心して、なのに胸のドキドキが収まらない。

ピンクに変わってしまった瞳を戻すためにも、会話をしたくて話題を探す。

（何か話すこと……、話すことはないかしら？　あっ！）

エヴァリーナは咄嗟《とっさ》に思いついた話題を口に出す。

「ねえ、マティアス。どうしてリンドン伯爵と縁組みをしたのか聞いてもいい？」

「──そなたを利用したり裏切ることがないと断言出来る人だからだ」

返ってきた言葉は、予想外のものだった。

てっきり、レオシヴェル侯爵家の利益になるとか、画家としてのリンドン伯爵を支援するからだと思っていたからだ。

「マティアスを、ではなくて、私を裏切らないから……？」

エヴァリーナの問いかけには答えず、マティアスは髪の毛を撫でてくれる。

そして彼は、穏やかな口調で言葉を紡いだ。

「エヴァリーナの味方は、一人でも多いほうがいい」

「っ」

守ってくれようとする優しさが心に染みて少し切ない。

マティアスをぎゅうっと抱きしめて、掠れた声で呟いた。

「ありがとう、マティアス」

「俺の妻なのだから、当たり前のことだ」

「ううん。それでもありがとう。私もあなたを守れるように頑張るわ」

「……もうそれは十分してもらっている」

二人は、愛の泉の前でエヴァリーナの瞳が戻るまで、ずっと抱き合っていた。

——その時、怪しい影に自分たちが見られていることをエヴァリーナは知らなかった。

マティアスはエヴァリーナに気付かれないよう、静かに護衛へ指示を出した。

＊　＊　＊

マティアスと結婚して一ヶ月と数週間がすぎた。

陽射しがだんだん強くなってきて、雨季が近いと感じる。

エヴァリーナは相変わらず穏やかな日々を過ごしていた。朝は仕事に向かうマティアスを見送り、昼間はジョゼットから侯爵夫人として必要な知識を学び、夜は帰ってきたマティアスと一緒にゆっくり過ごす。

しかし今日はジョゼットに急用があるそうで、午前と午後の授業は珍しく中止となった。

変わりに侍女長のゲルダと護衛騎士を連れて、屋敷にある図書室に来ている。

天井まである本棚から目当ての本を取り出してページを開いてみても、文字が全然頭に入ってこない。

気にかかっていることを思い出し、少し離れた場所にいる侍女長たちに聞こえないくらいの小さなため息をついた。

——幸せな結婚生活だけど、戸惑うことも多くある。

一つ目は、屋敷の中でも一人にならないようにと言われていること。

淫魔だと知られて人攫いにあってからは、なるべく一人で外出しないように気をつけていたけれど、レオシヴェル侯爵邸に侵入してまで、エヴァリーナを誘拐する人はいないと思う。

それでもマティアスが過保護に心配して、仕事に行く時も不安げな表情をしているから、息は詰まるが言われた通りにしている。

二つ目は、マティアスがエヴァリーナに奇妙なほど甘すぎること。

マティアスは週に五回騎士団の仕事をして、それ以外の時間に侯爵としてレオシヴェル侯爵邸で仕事をする。

責任ある業務を兼任しているのだから当然忙しいはずなのに、週に一日は休みを取ってエヴァリーナとの時間を作ってくれていた。

何かとプレゼントをくれるし、つい先日は、結婚して一ヶ月の記念だと言って魔法仕かけのオルゴールをもらった。

建国物語をモチーフにした人形が滑らかに踊っていて、精霊の光が魔法でキラキラ輝いている。流れる音楽はもちろん建国物語の唄だ。

マティアスがいない時間の寂しさを慰めてくれるオルゴールは嬉しかったけれど、つい先日も好きに加工するといいと言って宝石の原石をもらったばかりだし、三日に一度は花束をくれる。おかげで屋敷中、花だらけだ。

「……このままで、いいのかなぁ」

エヴァリーナはため息混じりに小さく独り言を呟く。

マティアスに甘えてばかりで、彼の役に全然立っていない気がするのが、最近のエヴァリーナの悩みである。

目標だった幸せな結婚生活を送ることは叶いかけている。

しかし彼の気持ちが分からない。

こんなにも大切にしてくれているのに、肝心な『好き』という言葉はなくて、エヴァリーナからも聞けずにいる。

——彼の隣を堂々と歩めるようになるのが、エヴァリーナの理想だ。

だけど今のエヴァリーナは、彼にもらってばかりで自信がない。建国物語の初代王妃陛下が国王陛下を支えていたように、マティアスを支えて対等な立場になりたいのに。

(私にも何かマティアスに役立つお仕事が出来ればいいのだけど)

ぼんやりしていると、窓から入り込む風に揺られて、机の上に飾られたピンク色の薔薇が可憐に揺れた。

これを彼からもらったのは、噴水広場でデートをした次の日だった。彼からもらった花は、昔に母から教わった魔法をかけて寿命を延ばしている。時の流れを遅らせているだけだから、永遠に保つわけではないけれど。

花の寿命を伸ばす魔法は珍しいらしく、侍女らが長く保つ花を不思議がっていた。

母が『淫魔しか使えない魔法だから無闇に話したらダメよ』と言っていたから、エヴァリーナは言いつけ通りに黙っている。

(彼からもらったお花は、大切にしたいのよね)

本を開いたまま、ピンクの薔薇をぼうっと眺める。

すると、後ろで控えていた侍女長がエヴァリーナに話しかけた。

「旦那様からの贈り物のお花、素敵ですね」

「そうね。出来るだけ長く保つといいのだけど」

「きっと長保ちするでしょう。マティアス様の愛が詰まっていますから」

「ふふ。そうだといいわね」

「屋敷中のお花は愛にまつわるものばかりで、使用人の間でもロマンチックだと話題になっています。ピンクの薔薇の花言葉は……。確か、〝愛の誓い〟でしたか」

「えっ⁉」

「本当に奥様は愛されていらっしゃいますね」

「――……っ」

花言葉なんて、少しも考えたことがなかった。

マティアスは花言葉の意味を知って贈ってきたのだろうか。

(いいえ、花売りにお勧めされたまま買った可能性もあるわよね……?)

でも、たとえ偶然だとしてもマティアスが贈ってくれた花の花言葉をもっと知りたい。

「教えてくれてありがとう」

「もしよろしければ、花言葉の資料をお持ちしましょうか」

「ええ、お願いしたいわ」

侍女長が持ってきてくれた花言葉辞典で、今まで贈られた花言葉の意味を調べた。

マーガレットは『真実の愛』アイリスは『愛の約束』ピンクのガーベラは『熱愛』で赤いチューリップは『愛の告白』か……。

少し調べただけでも、顔が熱くなるような花言葉ばかり。

これ以上見ていては瞳の色が変わってしまいそうで、慌てて本を閉じる。

(少しは、自惚れてもいいのかしら……？)

マティアスが花言葉を知らなかったとしても、なんだか嬉しい。

もっと彼の心へ近づくにはどうしたらいいかと考えたエヴァリーナはふいに気付いた。

そういえば今まで肌を重ねるばかりだ。デートもしたけれど、まだ一度だけ。

エヴァリーナはマティアスが初恋の人だから、恋愛の経験はないけれど。食堂で働いていた時の同僚は恋人と公園でピクニックをしたり、買い物デートや、外食をたくさんしていた気がする。

それに建国祭の時は、彼氏と出かけるからって休んでいたっけ。

(私もいつか建国祭に大好きな人と行くのが幼いころの夢だったな……)

エヴァリーナは思い立って、読みかけの本を机に置いたまま、とある本を探す。

しかし、あちこち探しても中々見つからない。見かねた侍女長が声をかけてくれるも、自分で探すと答えた。

とうとう最後まで目当ての本が見つからなかったエヴァリーナは、夕方に戻ってきた侍女のジョゼットへ話しかける。

「ジョゼット、内密でお願いがあるの」

「いかがなさいましたか」

「あのね――」

＊　＊　＊

翌日のお昼すぎ。

午前の授業の後、ランチを食べ終えたエヴァリーナの元へ、小包みを持った侍女のジョゼットが現れた。

「エヴァリーナ様、早速入手してまいりました」

「もう用意してくれたの？　早いわね。ありがとう！」

「ですが、ご用意したものの、エヴァリーナ様には必要ないかと」

「いいえ！　今の私にとっても必要なの」

「かしこまりました。エヴァリーナ様は大変優秀でいらっしゃいますし、午後の授業は読書の時間といたしましょう」

「っ！　ジョゼット、本当にありがとうね」

「後ほど、お茶をお持ちいたします」

ジョゼットは微笑んで一礼すると、エヴァリーナの部屋から下がっていった。

扉の前に護衛がいるとはいえ、久しぶりの一人の時間に心が休まる。

早速綺麗な包装紙につつまれた小包みを開けると、中に入っていたのはとある一冊の本。

『今一番人気の恋愛指南本を買ってきてほしいの』

昨日頼んだのはこれだった。

ジョゼットが手に入れてくれたピンク色の表紙をそっと撫でる。

〝どんな殿方でも淑女の力で落とせる本〟

とんでもなく力になってくれそうなタイトルだ。

エヴァリーナは真剣な眼差しで本を開いた。


人は手に入らない宝物こそ、必死になって欲しがるもの。

あなた自身の魅力を知ってもらうため頻繁に意中の彼に逢《あ》いましょう。

しかしその時、殿方へ簡単に身体を許してはなりません。

ボディータッチは、夜会でダンスの時にさりげなく行うのがよいのです。

ジュエリーを肌に乗せて試すように、あなたを手に入れた時の極上の気分をダンスの限られた時間内で味わわせてあげるのです。


一ページ進むごとに、自分の胸に剣がグサグサッと刺さったような衝撃に襲われた。

途中でジョゼットが紅茶を持って来てくれたけれど、それどころではないエヴァリーナは焦った気持ちで文字を読み進める。

……最後のページを読み終わった後、重いため息をついて本を閉じた。エヴァリーナは絶望の気持ちでいっぱいになっていく。

(わ、私。きっと簡単に手に入ったし、なんなら私からマティアスを襲ってしまったわ。

そ、それにダンスなんて踊れない……‼)

母はどんな男性ともお付き合い出来るように、最低限の礼儀作法を教えてくれたけれど、ダンスだけは習っていない。

(でも、本にあった自分のことを知ってもらうことはは今からでも実践出来るかもしれない)

エヴァリーナは、冷めた紅茶を一気に飲む。

その後、これからの作戦をマティアスが帰ってくるまで必死になって考えた。

＊＊＊

ディナーを終え、いつも通り夫婦の寝室でマティアスとティータイムを過ごす。

夜はいつもカモミールティーを飲む。ソファで隣同士座ってまったり過ごす穏やかなこの時間が、エヴァリーナは好きだった。

「今日もお疲れ様」

「エヴァリーナも。勉強は捗っているか？」

「ええ。ジョゼットが丁寧に教えてくれているわ。貴族名鑑を丸暗記するのは大変だったけれど、今朝の試験では満点を採れたの」

「そうか。俺のためにありがとう」

マティアスの瞳が甘く細められている。それが嬉しくて擽ったい気持ちになり、エヴァリーナも頬が緩む。

「そなたの義父《ちち》、リンドン伯爵の授業開始は、もうしばらく待ってもらえるか」

「ええ、もちろん。だけど何かあったの？」

「今離れにアトリエを作っている。それが出来上がったらリンドン伯爵を招こう」

「あ、アトリエっ⁉　私、ただの素人なのにそんなに立派なもの作らなくてもいいわ！」

驚きのあまり口が塞がらない。

しかしマティアスはなんてことないように話す。

「エヴァリーナの趣味の部屋だ。絵画を習って気に入らなかったら、また違う趣味が出来た時に作り替えればいい」

「ええっ⁉」

それはあまりに贅沢すぎる。

少しやりすぎなんじゃと思っていると、僅かに眉を下げた彼がエヴァリーナの白金色の柔らかい髪の毛にキスをする。

「俺の妻であるエヴァリーナを甘やかしたいんだ。……ダメ、だったか？」

いつもは迷いなく物事を進めるのに、エヴァリーナの意見は尊重してくれる。

ぶっきらぼうな面もあるけれど、そういう優しいところが大好きだ。

「ダメじゃないけど、私のこと甘やかしすぎじゃない？」

マティアスの高い鼻を人差し指でツンっとつつく。

目と目が合うと、どちらともなく笑みが零れる。

「可愛い妻を甘やかすのが、俺の趣味だ」

「ふふっ、何よそれ」

結婚してからのマティアスは本当に甘い。

結婚する前までは脈なしだったのに、まるで溺愛されているかのよう。

自然と唇が重なった時、昼間に読んだ恋愛指南本を思い出した。

そうだ。うっかり彼の美味しい精気に流されそうになったけれど、今日は、固く決意したことがあったのだった。

続いてキスをしようとするマティアスを躱《かわ》し、耳元で囁く。

「マティアス、ごめんなさい。今夜から自分の部屋で寝ることにするわ」

「…………何故？」

流石の彼も不服そうにエヴァリーナの顎に手を添える。金色の瞳に見つめられたら気持ちが折れそうで、そっとマティアスの胸板を押した。

「お、乙女の事情よ！　それと前に学びたいことがあったら先生を呼んでもいいって言ってくれたわよね」

「あ、あぁ」

「私、社交ダンスを習いたいの！」

「構わないが、どうした？」

「建国祭であなたと踊ってみたくて……」

建国祭では女神様に願いを込めて聖霊を模したランタンを夜空に飛ばす。

その幻想的な景色の中、平民も貴族も身分関係なしに、大切な人と踊って祭りのフィナーレを彩るのだ。

エヴァリーナもいつか大切な人と二人で、と密かに夢見ていたのだけど……。

恥ずかしくなってきて、熱い顔を両手で隠す。

すると直ぐに横から頭をぽんぽんと優しく撫でられた。

「分かった。それなら直ぐに講師を決めよう」

「マティアスありがとう！　でも、いつも甘えてばかりでごめんなさい」

「構わない。むしろもっと甘えてもいい。言ったろ？　今の俺は、エヴァリーナを甘やかすのが趣味なんだ」

「っ！」

瞼にそっと、キスを落とされた。

マティアスが格好よすぎていつもみたいに食べてしまいたい衝動に駆られる。

でも、今日のところは我慢しないと……。

「そ、それじゃあ！　おやすみなさいませ！」

エヴァリーナは、ガバッとソファから立ち上がり、続き部屋となっている自分の部屋に早歩きで戻った。

＊　＊　＊

翌々日の夕方から、早速社交ダンスのレッスンが始まった。

講師は、侍女長のゲルダだ。通常業務がある忙しい中、快く引き受けてくれたという。

なんと彼女は二十代の頃、社交界の星《スター》と呼ばれていたほどダンスが上手なのだとか。今は事情があり社交界を引退しているが、教え子が多く、講師としての実績もあるそうだ。

外部からの講師も検討したようだが、信用出来ない人間を極力屋敷に入れたくないというマティアスの意向でゲルダに決まったらしい。

大きな窓から夕陽が射し込む豪華な大広間で、有能なジョゼットがピアノでワルツを奏でる。

「それではまずは私が男性役をやりますので、簡単なステップから覚えていきましょう。最初は下を向いてもいいので私の足を見ながら着いてきてください」

「はい。よろしくお願いします」

エヴァリーナは、侍女長のゲルダの手を取り、彼女の肩にもう片方の手を添える。

「ワンツースリー、ツーツースリー」

「わっ……」

「ストップ。止めましょう。大丈夫ですか」

リズムが取れなくて、足運びを迷ったら自分の足が絡まって躓いてしまった。

侍女長のゲルダが手を引いてくれたから転ばずに済んだけど。

「すみません。もう一度お願いします」

「ええ、もちろんですとも。まずは私が一人で踊ってみますから、リズムに合わせて手拍子をしていただけますか。ワルツは三拍子なので、そのように」

「はい」

ジョゼットが、先ほどよりもっとゆっくりワルツの曲を弾き、ゲルダの優雅な踊りが始まる。四角く足を運んでいくステップで、確かに見たことがある動きだ。

エヴァリーナは指示通りに手拍子をしようとする。しかし――。

「あ、あら？」

「奥様……？」

手拍子をしようとしても、どこに合わせていいか分からない。

ゲルダがそれを見かねて「ワンツースリー」と合図を出してくれるも、見事にズレてしまう。

「…………」

「…………」

「…………」

大広間が沈黙に包まれた。

（もしかしてお母様が社交ダンスを教えてくれなかったのって、同じように才能がなかったからなのかしら……）

エヴァリーナは苦笑いを浮かべるも、冷や汗が背中を伝っていった。


初めての社交ダンスレッスン後。

汗を流すために猫足のバスタブに浸かる。

疲れただろうからと、いつもは一人で入る風呂をジョゼットが手伝ってくれていた。

ラベンダーなどのハーブが入った麻袋を湯に浸けてあるので、リラックスする香りが浴室いっぱいに広がる。

人が頭を洗ってくれている気持ちよさもあって、緊張していた身体が解れていく。

「まさか、あんなにも私、ダンスが苦手だったなんて……」

「なんでもこなせるエヴァリーナ様にも苦手なことがあって少し安心しました」

「ちょっとジョゼット、揶揄わないで」

「失礼しました。つい本音が」

平民の出なのに、まるで本物の貴族のように世話をしてもらうのが申し訳なかったのだけど。

ジョゼットが以前『エヴァリーナ様をお世話するのがお仕事なので全く気になさらないでください』と言ってくれてから徐々に打ち解け、今では軽口を叩けるまでに至った。

おかげで過ごしやすくなったので、ジョゼットには感謝しかない。

「今夜もエヴァリーナ様は、ご自分のお部屋で寝られるのですか？」

「ええ、もちろん！」

「……エヴァリーナ様のお考えに従いますが……。お気をつけくださいね」

「気をつけてって、何に？」

「旦那様は、エヴァリーナ様が思っているよりもずっとずっとあなた様に執着なさっていますから。旦那様を悪く言うつもりはありませんが、飢えた獣は何をするか分かりませんよ」

「……そう、かしら？」

マティアスとは契約結婚だということを、もちろん誰にも話していない。エヴァリーナが淫魔の血を引いていることも黙っている。

一番近くにいてくれるジョゼットから見て、エヴァリーナがマティアスに愛されて執着されているように見えるのは嬉しいけれど、騙《だま》しているような感覚に陥って少し落ち込む。

「ジョゼットはお相手の騎士様と、どんな馴れ初めだったの？」

「わ、私ですか⁉」

気分を変えるため、話題を変える。

髪の毛を洗ってもらいながら、ジョゼットの恋の話をわくわくしながら聞いた。

夕陽が沈んで、月光が夜空を照らす。

騎士団の仕事を終えて帰ってきたマティアスを出迎えて、食堂でディナーが始まった。

いつも通り、彩り豊かな料理がテーブルを飾っている。

今夜のメインである上質な肉を使ったブラウンシチューは、赤ワインの香りがして食欲をそそる。肉も柔らかくて、きのこの風味がシチューに溶けだして美味しい。

その日あったことを互いに話す夜は、一日の中で最もかけがえのない時間だ。

「そうか。エヴァリーナにも苦手なものがあるんだな」

「頑張ってはみるけれど、直ぐに大勢の前でダンスを披露するのは難しそうだわ」

「無理をすることはない。建国祭の時も市井の広場で踊ればいい」

建国祭の日、貴族は王城の舞踏会に参加すると聞き及んでいる。

当然マティアスはそちらに参加すると思っていたのだけど、自分に合わせてくれようとしていて戸惑う。

「マティアスはお城のほうに参加しなくていいの？」

「俺は毎年参加していないからな。エヴァリーナが舞踏会に行きたいのならもちろん構わないが、建国祭の日は、王城とはいえ羽目を外す貴族が多い。変な戯れに巻き込まれると面倒だから勧めはしない」

「そ、そうなのね……」

貴族とのトラブルに巻き込まれるのは御免だ。それならば、確かに平民に混ざったほうが楽しめそうだ。

しかしエヴァリーナの憂鬱は完全には晴れない。

「今回の建国祭はそれでいいとしても、私は侯爵夫人になったのだから、いつか社交界に出るのよね……？」

「エヴァリーナが社交界に出なくとも問題あるまい。あそこは魔境だから負担をかけたくはない。前にも言ったがそなたが無理する必要はないんだ」

「それで、問題ないの……？」

「ああ。欲深い貴族連中にエヴァリーナを晒したくなどないしな。……それに、俺も社交は好まない。時間の無駄だ」

もしかして、社交界で何か嫌な出来事でもあったのだろうか。

家族とのトラブルもあったと聞くし、その件で他の貴族から追及されることもあるのかもしれない。

社交界のことを話すマティアスは、本当にうんざりしていてご機嫌ななめだ。

「分かったわ。それでも私は、いつどこに出ても恥ずかしくないようになっておきたい。ジョゼットとゲルダのレッスンは続けてもらうわね」

「ああ。エヴァリーナがそれを望むなら、そうしてくれ。ただ――」

長い睫毛を伏せながら、マティアスは呟く。

「俺の望みは、そなたが隣に居てくれることだけだ。他に何も望まない。それだけは覚えておいてくれ」

「うん。ありがとう。私もマティアスの隣に居たいから」

ずっと、これからも。永遠に。


デザートまでペロリと平らげて、食後のティータイム。

夫婦の寝室にあるソファで話していると、マティアスが急に改まった顔で話し始めた。

「今日はエヴァリーナに話がある」

「どうしたの？」

「これから騎士団の仕事が忙しくなりそうなんだ。だから、いつもみたいに一緒に食事をとれない日も出てくるかもしれない」

「そ、そうなの⁉　大丈夫⁉」

「ああ。実はエヴァリーナが安心して街を歩けるように、人攫いと奴隷商をずっと追っているんだ」

「……っ！」

「ようやく足取りを掴めた。奴らの組織を解体させるまで、もう少し辛抱してくれ」

（全然知らなかった。騎士の仕事中も私のことを考えてくれていたんだ……）

「ありがとう、マティアス。私の知らないところで守ってくれていたのね」

「言っただろう？　結婚を申し出た時、淫魔として狙われているそなたを守ると」

「あ……」

確かにそう言っていた。

けれどそれは貴族の身分を与えてもらうことで人攫いや奴隷商から狙われにくくしたり、護衛をつけたりということかと思っていた。

考えの浅い自分が、少し情けない。

マティアスの隣を堂々と歩める人間になりたいというのに。

「私は、あなたに守ってもらってばかりね」

「それはこちらの台詞だ」

「え？」

「……なんでもない」

（マティアスを守るようなこと、したかしら？）

全然思い当たらなくて首を傾げていると、隣に座るマティアスが横からぎゅうっと抱きしめてきた。

「なあ。――だから、今夜は一緒に寝ないか？」

肩に顎を置かれ、一気に甘い雰囲気へと変わっていく。

耳をパクッと食まれて、うっかり流されそうになったエヴァリーナは小さく叫び声を上げ、彼を突き放した。

「マティアス、ごめんなさい！　やっぱり、今夜も、自分の部屋で寝ることにするわ！　怪我をしないように気をつけてね、おやすみなさい！」

エヴァリーナは大きな声で一気に言うと、何か言われる前に慌てて夫婦の寝室を立ち去った。

続き部屋の自室にへなへなと座りこむと、熱くなった顔を両手で押さえる。

（危なかった。マティアスとうっかり肌を重ねてしまうところだったわ）

恋愛指南本の教えを破ってしまうのは避けたい。

殿方へ簡単に身体を許してはなりませんって、書いてあったもの。

（……マティアス、避けるようなことをしてごめんなさい）

罪悪感でいっぱいになるけれど、これも彼の心を手に入れるため。

なんて勝手なのだろうと、自己嫌悪をしてしまう。

小さくため息をついて、ベッドへ倒れ込むように沈むと、冷たいシーツが心に沁《し》みる。

眠る直前まで、マティアスのことで頭がいっぱいで、一粒の涙が枕へと零れた。

＊　＊　＊

翌朝。

ジョゼットの授業を受ける前の時間に、何かが乗ったトレイを差し出された。

「エヴァリーナ様、お手紙と小包が届いています」

「わ、私に？　一体どなたかしら？」

自分に手紙を送ってくる知り合いなんていたかと考える。

長く勤めた食堂のオーナーかな？　でも嫁ぎ先は伝えていなかった気がするけれど。

教会で一緒に勉強してた時の友人とは、お互い忙しくて疎遠だし……。

「リンドン伯爵様からです」

「あぁ、なるほど」

ジョゼットへ礼を言いながら、リンドン伯爵家の紋章の入った封蠟が押された手紙を受け取る。

「なんと書いてありましたか?」

「えーっと、絵画を教えてもらえるまで時間がかかるからと、伯爵様が一番好きな画集を送ってくださったみたい」

小包を受け取って綺麗な包装紙を丁寧に剝がしていく。途中ジョゼットに渡された手袋を装着して中身を慎重に取り出す。

中から出てきたのは、キラキラと輝く女神様の表紙だった。

「これは建国物語の画集だわ。すごい……っ」

魔法で複製された綺麗な絵画が本になっている。

画集を開いてみると、左側のページには解説の文章が書かれていた。

『誰からも愛されていた美しいサナは皆を虜にさせていた。そんな彼女を射止めたのは、女神の泉で出会った後に初代国王となる使徒、シンドラーだった』

今まで聞いたこともなかった初代両陛下の名前がそこには記されていた。

女神の泉とは、貴族街にある噴水広場……。今でいう愛の泉のことかもしれない。

夢中になって次々と読み進めると、エヴァリーナが大好きな二人だけの結婚式のシーンの絵画もあった。

最後のページは、死後、初代両陛下が女神の下に跪《ひざまず》いている絵で締めくくられていた。

『初代両陛下は女神の元へ行き、今もこの王国を空から見守っている』

解説の文章を読み切って、ほうっと感嘆の息を吐く。つい没頭して読んでしまった。

「こんなにも貴重なものをいただいてよかったのかしら」

まるで大人向けの絵本のように、物語にそって美しい絵画が載っている。相当高価な品ではないだろうか。きちんと手袋をしてから触れてよかった。

「エヴァリーナ様、よかったですね」

「うん。でも気後れしてしまうわ」

「もしよろしければ、今日の授業はリンドン伯爵様へのお返しの品を考えるのはいかがですか。それと以前お教えしたお礼状の書き方を実践してみましょう」

「そうね、頑張ってみるわ。今日もよろしくね」

＊　＊　＊

あの無惨な社交ダンスレッスンから二週間が経った。

昨日から夏前の雨季に入って、外は雨がしとしとと降り注いでいる。

マティアスは本当に忙しそうで、食事を共に取れない日が増えていた。

物凄く心配だけど、エヴァリーナには無事を祈ることしか出来ない。

――だから一日でも早く力をつけて、マティアスを支える〝立派な侯爵夫人〟になりたい。

（守られてばかりじゃなくて、私が彼を守れるように……）

毎日懸命にゲルダとジョゼットに教えてもらって、なんとかリズムに合わせて手拍子が出来るようになり、簡単なステップも踏めるようになってきた。

それでもたまにずれるから、まだまだ社交界で披露するレベルには及ばず、せっかく教えてもらっているのに情けない。これからも修練が必要だ。

今日も、夕方の社交ダンスのレッスンを終えて柔軟運動をしていると、大きな扉が開いて大好きな瑠璃色が視界に現れた。

騎士服で駆け寄ってきたのはもちろんマティアスだ。

今日は帰りが早かったみたい。

「エヴァリーナ、お疲れ様。終わったのか？」

「ええ、ちょうど終わったところよ。マティアスもお疲れ様」

「そうか。間に合わなかったな」

残念そうなマティアスに首を傾げる。すると、突然彼が足元で跪いた。

驚くエヴァリーナの手の甲にキスが落ちる。

「エヴァリーナの踊ってるところを見たかったのだが、一緒に踊ってくれないか」

「え、ええっ⁉」

エヴァリーナが慌てていると、まだ残っていたゲルダとジョゼットが静かに準備を始める。

「本当に下手なのだけど、笑わない……？」

「当たり前だろ」

マティアスがエヴァリーナの手を握ったままそっと立ち上がる。

繋いだ手を横に伸ばして、右手は彼の肩へ添えてホールドを組む。

久しぶりの体温にドキドキする。

恋愛指南本を参考にあれからずっと夫婦別寝を続けていて、マティアスのことを食べていないせいで空腹感も限界になってきた。

ジョゼットによるピアノの演奏が始まった。何度も聞いたワルツなのに、マティアスを前にすると特別な曲に感じる。

彼が上手にリードしてくれるけれど、緊張で動きが硬くなっていく。

少しずつマティアスから遅れてパニックに陥りそうになった時、エヴァリーナの耳元で彼が囁いた。

「膝が伸びてる。エヴァリーナ、膝を緩めて」

彼の優しい声色に安心する。言われた通りにすると、確かに動きやすくなってくる。

緊張がほぐれて、少し余裕が持てるようになった。

「そう。出来ているぞ」

マティアスの穏やかな微笑みに心臓が高鳴り、声が出せない。

それに、淫魔としての飢餓感は増すばかりだ。

彼のウッディーな香りと、大好きな笑顔、温かい体温。

(恋の駆け引きって難しい)

密着して踊っていると、だんだんとマティアスの瞳の奥が蕩けてくる。その熱い眼差しに答えてしまいたくなるのだから、彼を落とすのは難しいのかもしれない。

ワルツの演奏が終わると、カーテシーをする。

ゲルダとジョゼットが拍手をしてくれる中、突然マティアスに抱きかかえられた。

「きゃっ、マティアス⁉」

「そろそろ食事の時間だろう」

「え、えぇっ?」

確かに今は夕刻で、これからディナーだ。でもわざわざ抱きかかえて行かなくてもいいのに。

エヴァリーナが疑問に思っていると、彼の足は食堂とは真逆の方向へ進んでいく。

「あの、マティアス」

「どうした」

「何故寝室に?」

「言っただろう。食事の時間だと」

マティアスが長い足で、夫婦の寝室の扉を開ける。

そして下ろされた場所は、二人のベッド。今頃食事の意味に気がついて、一気に熱が上がる。

「エヴァリーナ。そなたを食べてもいいか」

「え、わっ」

途端に激しいキスに襲われ、隙間から舌がねじり込まれる。

とろりと甘い精気を感じると、もっともっと欲しくなって、彼の舌を追いかけた。

（おいしい……っ）

久しぶりに淫魔としての欲求が満たされ始めて、自分が思っていたよりもずっと飢えていたと知る。

しかし彼の気持ちを手に入れたくて、肌を重ねることを避けていたのに。このままでは流されてしまう。

「っ、ん。まてぃ、あす……」

胸を少し強く押して、ようやく唇が離れる。

呼吸を落ち着かせていると、マティアスはひどく悲しげな顔をしていた。

「──もしかして、俺のことが嫌いになったのか」

「えっ？　ちがっ……」

彼の声はあまりに悲痛だった。

雰囲気がガラリと変わり、雲行きが怪しくなる。

思い切り押し倒されて、両手首を束ねられた。

少しも動けないほどに組み敷かれるのは初めてで困惑してしまう。

「だけど残念だな。いくらエヴァリーナが俺を嫌いになっても、どんなに拒絶しようとも、一生離してやらない。これからも俺だけを食べてほしいんだ」

「マティアス、待っ」

誤解だと言葉にしようとしたら、噛みつかれるように口を塞がれた。

キスから伝わる精気が、彼の怒りと絶望でいっぱいだ。こちらまで泣きそうになってくるような、深い悲しみに戸惑ってしまう。

（もしかして、マティアスの心を傷つけてしまった……？）

マティアスの心が欲しくて、肌の接触を最小限にしてダンスで密着して、恋愛指南本に書いてある通りにしたのに。

どこで間違えてしまったのだろう。

自分のことばかり考えていて、彼の気持ちを考えていなかった。

「エヴァリーナ、いっそ俺を憎んでくれないか」

あまりの衝撃に、エヴァリーナは目を大きく見開いた。

あんなに蕩けていた黄金色の瞳が、光を失って陰っている。絶望感でいっぱいな表情に胸が苦しくなる。

「その心に大きく傷をつけたい。そうしたら、俺のことしか考えられないようになるよな」

首筋に顔を埋められたかと思うと、鎖骨を思い切り齧《かじ》られた。

じわじわ血が滲んでかなり痛いけれど、マティアスのほうがずっとずっと苦しそうで辛い。

「マティアス、待って」

エヴァリーナは必死に言ったが、彼は滲んだ血を舐めていく。

誤解を解きたい。

こちらが悪かったって、あなたのことが何よりも好きだって伝えたいのに。

「ねえ、お願い、待って……」

こんな状況を作り出したのはエヴァリーナだというのに、沸々とした憤りと悲しみが湧き上がってきた。

いくら声をかけても返事がなくて、とうとうエヴァリーナの感情が爆発した。

「マティアス！　私の話を聞いてっ！」

エヴァリーナは、出来る限りの力で思い切り頭突きをした。

ゴツンと鈍い大きな音がして、一瞬クラクラしたけれど、エヴァリーナは大声を出した。

「っもう！　私がマティアスを嫌いになるはずないじゃない！　最中しか口に出せなかったけれど、ずっとずっと好きって言っているのに。それに答えないのはあなたでしょう！」

「な、っ」

頭突きの拍子に手首の拘束が解けたので、今度はエヴァリーナがマティアスの上に跨って乗る。

胸をぽかぽかと叩いていると、感情が昂《たか》ぶって、視界が歪む。

「あなたを避けて悪かったけど、こんな、こんな、強硬手段を取らなくてもいいじゃない！」

「エヴァリーナ、待て」

「何よ」

「どうして俺のこと避けていたんだ」

「………マティアスに、私のことを、好きになってもらいたくて」

彼がヒュッと息をのんだ。

それを見て涙の粒が次々に零れていって止まらない。

胸が苦しくて切ない。

少しの期待が湧いてくると同時に、頭の痛みが強くなり、ぶつかったおでこがズキズキする。

マティアスも額を押えていて申し訳なく思う。

たくさんの反省の気持ちと共に、彼の胸板に崩れ落ちて、泣きながら小さく叫んだ。

「っごめんなさい！　自分勝手に一緒に寝なくて。もしかして、マティアスの心を傷つけてしまった……？」

泣いて、気持ちが溢れて、伝えたかった言葉を少しずつ絞り出す。

それでもマティアスは一生懸命に耳を傾け、ゆっくりと返事をしてくれる。

「ああ、物凄く傷ついた。だが俺もすまない。無理矢理、しようとして」

少しの沈黙の間、心の中で期待が大きくなっていく。

先ほどまでのマティアスの言葉は、まるでエヴァリーナのことを好きって言っているみたいだった。

「あのね、マティアス……」

「なんだ？」

胸板に手を置いてマティアスの金色の瞳を覗き込むと、エヴァリーナが映る。

きっと、間違いじゃないはず。

だってこんなにも真っ直ぐ自分を見てくれているから。

「――私たち、両想いなのよね？」

「……ああ」

確信を得て紡いだ言葉は、全然ロマンチックじゃないけれど。彼が頷いてくれたことで、やっと願いが叶ったと知れて、胸がいっぱいになる。

（マティアスが私のことを、好きになってくれた……！）

そのことが嬉しくて心がぽかぽかと温かくなるのに、どうしてか彼の胸に縋《すが》り付くように抱きついて泣きじゃくってしまう。

辿々《たどたど》しくも頭を撫でてくれる手が優しくて、好きという気持ちがもっと膨れ上がっていく。

「マティアス、大好き！」

「ありがとう。エヴァリーナ」

大きな手が、エヴァリーナの頬に添えられる。

マティアスの親指が涙をぬぐってくれるけれど、どんどん溢れてきてしまう。

この幸せな瞬間を笑顔で過ごしたいのに、感情が昂ぶって涙が止まらない。

「そんなに泣くと、可愛い目元が腫れてしまう」

「だって、マティアスが私を好きになってくれたことが嬉しくて……っ」

「ふっ」

愛おしい人が、あまりに優しげな瞳で、柔らかく笑うものだからときめいてしまう。

エヴァリーナはその表情のまま愛を紡いで欲しくて、彼におねだりをする。

「ねえ、マティアス。お願いがあるんだけど」

「なんだ？」

「私のことを好きって言って」

「………」

ふんわりとした眼差しで見つめてくれているマティアスに、思い切って願いを口にしたのに。

彼は頬を赤く染めて額を大きな手で覆い、沈黙が続いた。

「マティアス？」

「…………」

「もう！　好きって二文字くらい言ってくれてもいいじゃない！」

頑なに言葉をくれないマティアスに頬を膨らませたが、直ぐに彼の大きな手で潰されて、尖った唇を食まれた。

心が通じ合ってからのキスは、涙の味がして、少し塩っぱい。

それでも、脳が痺れるくらい心地よくて、うっとりと目を細めた。

第三章　瑠璃で彩る

ふわふわと、白い世界に包まれる。

辺り一面に咲くかすみ草と、その花畑で隣り合って座る子供たちだけが色付いている。

（また、同じ夢を見てる……）

繰り返し見るこの夢を、朝になると忘れてしまう。

私の意識はなんとなく漂うように、かすみ草の花冠を作る小さな彼らを見守っている。

二人が何やら悲しそうな雰囲気で話しているけれど、肝心な声がこちらまで届かない。

けれど、徐々に少しずつ耳鳴りのような雑音が伝わってきて、それがだんだんと言葉になってきた。

「………も、し…………言い…………なら…………思い出、して……に…………」

「……分、……っ……よ…………」

相変わらず子供の顔は、霧がかかって輪郭と髪の毛しか見えない。

男の子のほうは綺麗な瑠璃色の髪。女の子のほうは腰まである白金髪。

まるでマティアスと私のようだ。

「ほら、約束」

「約束だ」

　二人が小指と小指を絡ませる。泣くのを我慢しているような雰囲気にどこか既視感を覚える。

　瑠璃色の男の子が、お世辞にも上手とはいえないかすみ草の花冠を女の子の頭に被せると、泣きそうな声で言葉を紡ぐ。

「また会えるよなッ⁉」

「もちろん！　わたしたちは、運命の赤い糸で繋がってるから」

「――逢いに行くから。絶対だぞ！」

「さようなら、[redacted]。またね」

　その女の子の言葉を最後に、白い世界は暗転した。

＊＊＊

　早朝。しとしとと降る雨音と小鳥の囀《さえず》りが聞こえてぼんやりと目を覚ます。

　マティアスと両想いだと分かって幸せに包まれ、あれからほぼ毎日のように底知れない体力のマティアスと肌を重ねている。

　隣に眠るマティアスを起こさぬように、そっとベッドの中で伸びをして欠伸《あくび》をした。

「ふぁ……っ」

また同じ夢を見たような不思議な感覚があるけれど、内容を思い出そうとしても少しも浮かんでこない。

そこで、ふと身体の違和感を覚えた。

――最近、妙に力が漲《みなぎ》ってくる。

身体の奥底から魔力が湧いてきて、なんでも出来てしまいそうなくらいだ。昨夜も一晩中愛し合ったけれど、疲れているどころか、今までにないくらい元気に目覚めた。

髪の毛は以前より艶やかだし、肌の調子もよくて内側から発光しているかのよう。

お手入れの成果が現れて素晴らしいと侍女のジョゼットは喜んでいるけれど、なんだか嫌な予感がして仕方がない。

(もしかして淫魔の力が強くなってる……?)

淫魔として覚醒しないよう母がしてくれた封印は、一度人攫いにあった時に解かれてしまった。それからは奴隷にされないため、用心していたけれど……。

(私のために忙しくしているマティアスに相談するのは申し訳ないと思っていたけれど、そろそろ話したほうがいいかもしれない)

小さくため息をつくと、隣から布が擦れる音がした。

彼の可愛い寝顔を眺めたくて横を向くと、眠たそうな金色の瞳と目が合う。

「……起きてたのか」

色っぽく掠れた声がして、どきりと胸が高鳴る。

マティアスは気だるげにエヴァリーナを抱きしめると、髪の毛を優しく撫でてくれた。

「おはよう。私の大好きな旦那様」

ぽすんとエヴァリーナの肩に乗せられた彼の額にキスを落とす。

無防備なマティアスの様子に、いつもときめいてしまう。

「身体は大丈夫か？」

「ええ。むしろ元気すぎるくらい。なんだか近頃、魔力が漲ってくるというか。淫魔の力が強くなっている気がするの」

寝起きで申し訳ないけれど、さっそく彼に相談してみる。

眠そうだったマティアスは、途端に心配の眼差しになってまた頭を撫でてくれた。

「避妊魔法をかけているとはいえ、胎内に俺の魔力を含んだ液を注いでるからな」

「そっか。マティアスの魔力を淫魔の力で取り込んで私が元気になっている……？　でも、そうしたらマティアスの身体は辛くなっていない⁉」

エヴァリーナの焦った様子に、マティアスはふっと笑った。安心させるよう、ぎゅうっと強く抱きしめてくれる。

「エヴァリーナを抱いていると癒やされて俺も力が湧く。それに魔力をもらっているのは俺も一緒だ」

「そうなの？」

「ああ。キスや肌を合わせている時、魔力交換をしているからな。気付いてなかったか？」

「えっ」

魔力を交換しているだなんて、全然気が付かなかった。

行為中は気持ちよくて、マティアスが美味しくて、最近は愛情も感じて幸せに溺れて、他のことを考えられなかったから。

「……マティアスに負担がなかったならよかったわ」

か細い声で呟くと、くすくすとマティアスが笑う。

まだ彼から『好き』という言葉をもらっていないけれど、その黄金の瞳がエヴァリーナのことを愛おしく見ているのが分かって照れてしまう。

「しかし心配だな。淫魔の力が強くなっているならば、人攫いに見付けられやすくなる。また淫魔の力を封じ込めたほうがいいと思うのだが」

「確かにそうよね。でも淫魔の力を封印してくれたお母様はもう亡くなってしまったし、どうすればいいのかしら……」

「俺に心当たりがある。封印は難しいかもしれないが、抑えるくらいなら出来るかもしれない。任せてもらっていいか？」

「……心強いけど、マティアスがもっと忙しくなってしまうわ」

マティアスの負担が増えるのは本意ではない。今だって人攫いや奴隷商を追ってくれていて忙しいのに。

不安で心が揺らぐと、エヴァリーナをあやすようなキスが瞼に落ちる。

「俺にとってはエヴァリーナが全てだ。そなたが攫われる可能性を一つでも多くなくさないと心配になる」

「でも……っ」

「どうか気に病まないでくれ。俺がしたいことを勝手にやるだけだ。だが、それでも気になるなら、お願いがある。久しぶりにエヴァリーナの手料理が食べたい」

対価が手料理だなんて、マティアスは本当に甘すぎる。

そんなふうに言ってくれると頼るしか選択肢がない。エヴァリーナは彼の手をとって懇願するように言葉を絞り出した。

「……分かったわ。料理長の味付けには敵わないけど、色々とご馳走を作る。だから、どうか身体に気をつけて」

「ああ、ありがとう。楽しみだな」

それから騎士服へと着替えたマティアスは、雨の中、王城へと馬車で出かけて行った。

彼を見送った後エヴァリーナも身支度を整え、ジョゼットの授業が始まった。

筆記用具を手元に置き、背筋を伸ばしてジョゼットに視線を向ける。いつも通りジョゼットがにこやかな表情で語りかける。

「それでは本日は貴族界の派閥のお話をしましょうか」

「派閥、ですか」

「この王国には大きく分けて二つの派閥があります。平民の暮らしを豊かにする政策を行う国王陛下派、特権階級である貴族を優遇する政策を推し進める王弟殿下派ですね。ちなみにレオシヴェル侯爵家や、リンドン伯爵家は国王陛下派となります」

「国王陛下と王弟殿下は、ご兄弟に関わらず政策が大きく違うのですね」

「はい。王弟殿下のご子息の王位継承権を最下位まで落とすと、国王陛下が宣言なさった時は王弟殿下派による王権争いが激化しましたが、当のご子息であるボニファティウス・クヴェレシュ・ヴェーアト王子殿下が姿をくらましてからは、表向き王権争いは鎮火なされております」

そういえば王甥《おうしょう》が失踪したと、何年も前にニュースを見た気がする。留学などではなく姿をくらましたというのが気になるところだ。

王子殿下は今、どこにいらっしゃるのだろう……？

一見平和な王国だが、お城では色んな出来事が起こっているのだなぁと思った。


授業を終え、休憩のために屋敷の庭園へ下りる。

午前中はずっと雨が降っていたけれど、午後になって晴れ間が見えてきた。

雨季の中での雨が止む時間はとても貴重だから、散歩にピッタリだ。

自然豊かなレオシヴェル侯爵邸の庭園は、まるで絵本に出てくる森のよう。見上げると首が痛くなるほどの大きな木々が生き生きと繁っていて、季節の花が咲いている。

手入れは行き届いているけれど、自然の素晴らしさが感じられて心がホッとする場所だ。

今はちょうど雨季に咲くアナベルが見頃だ。

小さな花がこんもりと集まって咲いている姿に癒される。

低木に咲く花なのでしゃがみ込んでじっくり見ていると、後ろから声をかけられた。

「これはこれは、奥様。ご機嫌麗しゅうございます」

「あら、セバス。ご機嫌よう」

振り返って立ち上がると、家令のセバスが一礼して挨拶をしてくれた。

にこやかに笑う彼は、この屋敷で働く使用人の中で最も長く勤めているらしい。

「セバスもお散歩なのかしら？」

「はい。老人ですから散歩が必要なのです。奥様の御前を失礼して申し訳ありません」

「この庭園は皆のものだとマティアスが決めたのでしょう。こんなに綺麗な場所なのだから、遠慮せずもっと利用してほしいくらいよ」

「ありがとうございます。皆にも伝えておきましょう」

一般的な貴族屋敷の庭園は、使用人が利用していい場所じゃないらしい。

だけどマティアスは使用人皆を労わるため、庭園を利用していいと周知している。

遠慮してなかなか利用してくれないと呟いているマティアスは、心優しい侯爵家当主だと思う。

「奥様。よろしければ、散歩のお供としてご一緒してもよろしいでしょうか」

「ええ、もちろん！」

庭園の散歩路をのんびり進んでいく。

家令であるセバスとこうしてゆっくり話す機会がなかったので楽しみだ。

「こちらに嫁がれてから、何かお困りごとはありませんか」

「皆によくしてもらっているから困っていることはないわ。強いて言うならば、旦那様の役に立ちたいのに、自分に出来ることが少なくてやきもきするくらいかしらね」

「ははっ。何をおっしゃる。坊っちゃま……、いや旦那様の表情を柔らかく出来るのは、奥様だけでございますよ。奥様は充分に旦那様のお力になっています」

「そう、かしら……」

「ええ。そうですとも。幼い頃から旦那様を見てまいりましたが、今まで女性に興味がないご様子でしたので、奥様が嫁いで来てくださって、このセバス大層感激いたしました」

「ふふっ」

この侯爵家に初めてやってきた時、まるでマティアスの父親かのように喜んでいたセバスを思い出す。

マティアスを心から想いながら支えているのが分かって、こちらまで幸せな気持ちになる。

「幼い頃のマティアスは、どんな子供だったのかしら」

「そうでございますね……。既にご存じかと思いますが、旦那様の家庭環境はよくありませんでしたので、たびたび物陰で泣いてばかりいるような幼少期でした。しかしある日心境の変化があったのか急に強くなられた。心に柱が出来たかのように、あそこの小川に落とされようが食事を抜かれようが、自分の力がつくまでじっと耐えておられました。その強い背中を見て、このセバスは当時ただの従者でしたが、一生付いて行って見守ろうと決心したのですよ。――と、一方的に喋りすぎました。これだから老人はいけませんね」

「いいえ。私が聞いたのだもの。教えてくれて助かるわ」

マティアスの過去は思ったよりも悲惨だったのかもしれない。今セバスが話した内容だけでも虐待があったと推測出来て、胸がぎゅっと痛くなった。

「それでは奥様、私めはこれにて業務に戻らせていただきます」

「ええ。宜しくね。あ、そうだ。今度マティアスのために料理を作りたいから、いつ厨房を使っていいか料理長に聞いておいてもらえるかしら」

「はい。仰せの通りに」

「ありがとう。私もこれから社交ダンスのレッスンだわ。お互い頑張りましょう」

毎日の日課である社交ダンスのレッスンを終えて、一日の予定が終わった。

汗を流すために湯浴みをして、マティアスが帰るまで自室でのんびりする。

ふと目についた花言葉の辞典を眺めていたら、大分外が暗くなって夜になっていた。

いつもよりマティアスの帰りが遅いなと思ったところで、彼が帰ってきたと知らされた。

玄関ホールまで階段を降りると、ちょうど大きな扉が開いてマティアスが入ってくる。

「おかえりなさい、マティアス！」

「ただいま。エヴァリーナ、遅くなってすまない。これをそなたに」

「わっ！　綺麗なお花。ありがとうっ！」

花束は優雅な白いクチナシで、少し大ぶりの花が綺麗に咲いている。

「腹が減ったろう？　直ぐ着替えてくるから食堂で待っていてくれ」

「うん。疲れているだろうから、ゆっくりでいいわよ」

軽くハグして、額に口付けされる。

着替えに向かったマティアスの背中を見送りながら、先ほど読んだクチナシの花言葉を思い出した。

『私はあまりにも幸せです』

この花言葉が先日、晴れて両想いだと心が通じたマティアスの気持ちを表しているようで、一気に顔が熱くなる。

――いつかタイミングがあれば、花言葉を知っていてプレゼントしてくれるのか、マティアスに尋ねてみようと思った。

＊　＊　＊

近頃は晴れ間が増え、雨季の終わりが見えてきた。気温も上がってきて夏が近づいている。来週はいよいよ建国祭で、王都は活気付いている様子だ。

雨季で遅れていた工事も終わり、レオシヴェル侯爵邸の離れには遂にアトリエが完成した。

せっかくなので出来上がったアトリエを早朝からマティアスと見に行くことになった。忙しいのに一緒に完成したアトリエを見てくれるなんて、本当に彼は優しい。

離れの扉を開けると、想像以上のアトリエが広がっていた。

「っす、すごいわ！　マティアス！」

温かみのある木の床に、白亜の壁。イーゼルやたくさんのキャンバス。ゆったりと作業出来そうな大きな作業机まである。

備え付けの棚には、絵の具や筆などの画材道具がたくさん並び、お茶が出来そうな休憩スペースに、冬用の暖炉までついているのだから、至れり尽くせりだ。

「気に入ったか？」

「ええ！　でも豪華すぎて、ただの初心者の私が一人で使うには勿体ないわ」

「なら、俺もここで過ごそう。絵を描くエヴァリーナを見ながら飲む茶は美味そうだ」

「ふふ。マティアス、ありがとう」

ようやくリンドン伯爵から絵画を教えてもらえるので、楽しみで仕方がない。

それにマティアスへ心配をかけないよう屋敷で大人しく過ごしているため、単純に行動範囲が増えて嬉しい。

「リンドン伯爵から聞いた必要なものは揃えたが、何か足りないものがあれば言ってくれ」

「うん。忙しいのにありがとう」

彼をぎゅっと抱きしめて、その勢いでマティアスの柔らかい唇を奪う。

珍しくエヴァリーナから先に仕掛けたため、彼は少し驚いた後、不敵に笑ってお返しとばかりに深い口付けを返してきた。

きっと今、エヴァリーナの瞳の色は、薄紫からピンクに変わっているだろう。

最後触れるだけの甘いキスをした後、マティアスが耳元で小さくため息混じりに紡ぐ。

「離れがたいが、行ってくる」

「うん。馬車まで送るわ」


午後になると、レオシヴェル侯爵邸に一人の客が来た。エヴァリーナのアトリエが完成したので、リンドン伯爵がさっそく教えに来てくれたのだ。

「リンドン伯爵様、お越しくださりありがとうございます」

「こちらこそ侯爵夫人にお招きいただき光栄です」

「ふふ。確かに私は侯爵夫人ですが、いつも通り名前で呼んでください」

「ははっ。エヴァリーナちゃん、私のことも前みたいにおじ様と呼んでくれたら嬉しいのだけどね」

「はい！　分かりました。ドミニクおじ様」

アトリエにある休憩スペースへ案内して、一人がけのソファへそれぞれが座る。

ジョゼットがお茶を出してくれて一息吐くと、リンドン伯爵が口を開いた。

「そうだ。アトリエが完成した記念にこれをどうぞ」

リンドン伯爵が御付きの人から大きな荷物を受け取り、渡してくれる。

荷物に被せてあった布をリンドン伯爵が剝がしたのを見て、思わず息を呑む。

渡されたのは、額に入った一枚の絵画だった。

星空を背景に輝くような金髪をなびかせている女性が描かれている。まるで闇の中に光る星のようで美しい。

「これは、お母様……？」

「その通り。この絵は私が描いた、君の母上だ」

「素敵……」

十三歳の時に亡くなった母の姿を、こうしてまた見られるだなんて思わなかった。

この絵画は、伯爵が実際に見ながら描いたものなのだろうか。描き手の人が母に恋焦がれているような、そんな想いが伝わる絵だった。

リンドン伯爵はお茶を飲んだ後、静かに語り始めた。

「ある日、夜空に眩しい星が在ると思ったら、ミリーナだったんだこの世のものとは思えないほど綺麗で、まるで女神のような存在だった」

ミリーナとは、母の名だ。

やはり伯爵は母のことを想ってくれていたのだろう。

細めた目は今もなお母を見つめているような気がした。

「この絵をいただけるのはとても嬉しいのですが、ドミニクおじ様の大切な絵画なのではないですか？　先日も建国物語の画集を頂きましたし……」

「ミリーナの絵はたくさんあるから大丈夫。この絵がきっとエヴァリーナちゃんを見守ってくれるだろう。それに娘へ贈りものをするのは養父《ちち》の定めだ」

「分かりました。ドミニクおじ様、ありがとうございます！」

思わず絵を抱きしめる。無性に母の顔をマティアスにも見せたくなった。

母が生きていたら、マティアスのことも紹介出来たのにと少し寂しく感じていたのだ。

これを見せれば彼に母を紹介した気分になれるだろう。

「……エヴァリーナちゃんは、ミリーナにそっくりだ」

「えっ。そうですか？」

「ああ、そうだとも。それともう一人、偉大な人とも似ている」

「偉大な人、ですか」

「以前に贈った画集を見てくれたかな？　初代王妃陛下によく似ていると思っているよ」

「えっ⁉　画集は興味深く拝見しましたが、あのような偉大な方が、私に似ているなど褒めすぎです」

「いいや、そんなことはない。エヴァリーナちゃんは、誰をも惹《ひ》きつける気高い人だ。もちろん食堂にいる時からね」

　思ってもみなかった言葉にびっくりして目を見開く。

　確かに建国物語の初代王妃陛下に憧れているけれど、彼の方と比べるなんてそもそも畏れ多い。

　だけど気高いと言ってもらえて嬉しい。ジョゼットが声をかけてくれ、もらった絵画をアトリエの壁に飾ってくれた。

「そういえば、ドミニクおじ様。せっかく養子にしていただいたので、よろしければ他のご家族の方にご挨拶に伺いたいです」

「ああ、ありがとう。私には、娘がもう一人いるんだ。亡き妹の子供を引き取ってね。だけど、挨拶は不要だよ」

「……どうしてか聞いてもいいですか？」

「娘には少々問題があってね。他にも親戚はいるが、跡を任せられるような若者がいなくてな。私が動けなくなったら、レオシヴェル侯爵に跡を任せて管理してもらうことになっている。彼は信頼出来る若者だから安心だ」

「そうですか……」

　初めて聞く事情に驚きを隠せない。

　エヴァリーナを養子にするのは、リンドン伯爵家にとっても利点があったようだ。

「ところでエヴァリーナちゃん。描きたい絵はあるかい？」

「はい！　旦那様と二人で結婚式をした際に、精霊を見たのです。その光景が忘れられなくて、描きたいなと」

「精霊を？　そりゃあ、すごい！　まずは、絵を描く楽しさを知ってもらいたいから、自分の好きな色をこのキャンバスいっぱいに塗って描いてごらん」

渡されたキャンバスは、便箋くらいの小さめなサイズだった。

棚に並んでいるたくさんの絵の具の中で、特にマティアスの髪色のような美しい瑠璃色に目を奪われた。

それに彼の瞳の黄金色に、ちょうど母から譲り受けたエヴァリーナの瞳のような薄紫色もある。

その三つの絵の具を選んで、作業机に持っていく。

リンドン伯爵から教えてもらいながら、さっそく水をつけた筆にパレットを使って瑠璃色をつけてみる。

白いキャンバスに瑠璃色がのった瞬間、わあっと自然に嬉々とした声が溢れた。

「綺麗な色……！」

「それは宝石のラピスラズリから出来た絵の具だよ」

「っ⁉」

絵の具って、宝石から出来ているの⁉

ものすごく高価なのではと背中に冷や汗が走る。

しかしリンドン伯爵は至って真面目に先生としての顔を見せてくれた。

「綺麗な絵の具は高価だが、宝石を使っているから魔法がかかりやすい」

「魔法が？」

「ああ。たとえば先ほど譲った、ミリーナの絵に魔力を注いでごらん。出来るかな？」

エヴァリーナは筆を置いて、壁に飾られた母の絵画の前に立つ。

意識して魔力を注いだことはないけれど、身体の中心から溢れ出る力を絵画を包み込むイメージで流し込む。

すると絵画が金色に一瞬光って、描かれた母の視線がこちらに向いた。

「お、お母様が動いたわ⁉」

「あまり知られていないが、絵画にだって魔力と願いを注ぎながら描けば、魔法はかけられるんだ」

「すごい……！」

感動のあまり、動いた母の絵が止まっても、しばらくぼうっと絵画を見つめてしまう。

しかしリンドン伯爵は硬い口調で呟いた。

「私は絵画が人を幸せに出来るものだと思っている。だが同時に、悪質な魔法がかけられた絵画も存在する。魔法がかかった絵画は魔力を通すと今みたいに光るから、むやみに触れてはいけないよ」

魔法は便利であるものの使う人によっては怖い力だ。

平民として育ったから、簡単な生活魔法や魔道具くらいしか使ったことがないけれど、魔法の怖さは攫われた時に思い知った。

「はい、気をつけます」

エヴァリーナも真剣な眼差しで大きく頷いた。

その後は、また筆をとって自由に走らせる。途中で色を足して、濃淡を作って。時間も忘れて夢中で描く。

一時間ぐらいは経過しただろうか。完成した絵を掲げて、手を加えられるところはないか確認する。

「おや？　光の濃淡が綺麗に描けてる。これは海かな？」

「はい。これで完成です。太陽の光が海へと差し込むところを描いてみました。三層のグラデーションを作って、下は海底なので暗くし、反対に上は黄金色を使ってみました」

一度だけ行ったことのある海。母との思い出の場所をマティアスの色で描いた。

我ながら上手く描けたのではと思うけれど、ドキドキしながら反応を伺う。するとリンドン伯爵は躍り上がってエヴァリーナの手を強く握った。

「エヴァリーナちゃん！　初めてでこんなに描けるなんて素晴らしいっ！　もっとこの才能を伸ばしたほうがいいよ！」

「あ、ありがとうございます！」

リンドン伯爵の言葉が心から出たものだと分かるくらい喜んでくれていて胸が熱くなる。嬉しくて涙が滲みそうになっていく。

（見つけた。私の趣味を）

マティアスが不得意だと言っていた芸術分野の知見を深めたら、少しは役に立てそうだと心が奮い立った。


リンドン伯爵を見送り、夕方はいつも通り社交ダンスのレッスンを受ける。

夜になると仕事を終えたマティアスが王城から帰ってきた。

「おかえりなさい。マティアス」

「ただいま。エヴァリーナ、ディナーの前に時間はあるか？」

「ええ、もちろん」

「なら一緒に、俺の部屋に来てくれ」

いつもの挨拶を終え、言われるがままにマティアスの部屋へと歩みを進めると、あることに気が付く。

「あ。そういえばマティアスの部屋に入るのは二回目だわ！　久しぶりでちょっと楽しみ」

「そんなに浮かれても何も変わっていない。着替えをするのと、妻が一緒に寝てくれない時の寝室として使っているだけだ」

「…………」

棘《とげ》のある言葉に何も言えずにいると、彼の部屋の扉が開く。

マティアスに案内されるまま、中へと入る。確かに前と変わらず、生活感がないままだった。

あまり使われていなさそうだが、綺麗に手入れされた小さめのテーブルにイスが二脚あったので、そこへ腰をかける。

「すまない。少し暑くて着替える。ちょっと待っててくれ」

マティアスはそう言うなり、いきなり騎士服を脱ぎだしたので恥ずかしくて反対を向く。

確かに夏も近いのにきっちり長袖を着ているから暑そうだ。

しかしいつも見ているというのに、いつまで経っても彼の逞しい身体を見るのは刺激が強くて慣れない。

「エヴァリーナ、耳まで赤くなってる」

「ひゃっ」

気配なく背後に現れて、耳から首すじまでなぞられると、驚きとくすぐったさで変な声が出てしまう。

それをいたずらが成功したとばかりに、彼がくすくす笑うから、エヴァリーナは頬を膨らました。

「エヴァリーナは変なところで照れて可愛いな」

「――……っ!!」

後ろから、ぎゅうっと抱きしめられたかと思えば、耳をぱくっと甘噛みされる。

そしてエヴァリーナの手首を掬い取られた。

「俺の部屋にそなたを呼んだのは、魔の力を抑えるバングルが出来上がったからだ」

「本当に⁉」

振り返って彼の顔を見てみれば、得意げな顔をしていて、つい笑みがこぼれた。

マティアスが煌びやかな小箱をテーブルに置く。

「バングルをつけると魔法も使えなくなるが、エヴァリーナは普段あまり使わないよな？」

「ええ。たまにしか使わないわ。魔法を使う時は、外しても構わないのかしら」

「大丈夫だ」

彼の大きな手で、小箱がパカッと開けられる。中から出てきた金のバングルは、繊細な彫刻が施された華奢《きゃしゃ》なデザインだった。所々にダイヤが埋め込まれており、光に当たってキラキラと輝いている。

「わあ、綺麗ね……っ」

「せっかくだから、毎日身につけやすいものにした」

「嬉しい。ねえ、つけてみてもいい？」

マティアスが頷いたので、バングルを左手にはめる。

結婚指輪とも合っていてとても可愛らしくて、うっとり眺めていると、だんだんと自分の魔力を感じなくなっていく。

「すごい。魔力が鎮まってる」

「具合は悪くないか?」

目を丸くしているエヴァリーナに、マティアスは心配そうに声をかけた。

魔力を吸い取られるというよりは、身体のどこかに溜まっているような感覚だから、特に不快感はない。

「うん、どこも具合が悪くないわ。これで安心出来る。マティアス、ありがとう」

「それならよかった。それに俺が作ったわけじゃないから、お礼を言うならそっちに頼む」

「どなたが作ってくださったの?」

「バルドゥル騎士団長だ。あの人は、魔法に長けているからな。本当は俺が作りたかったが、エヴァリーナが身につけるものは、しっかり機能が保証されたものがいい」

「あ、以前お城でお会いした方ね。お礼状を書いておくわね」

「ああ。だが、たとえバルドゥル騎士団長が作ったものでも、完全には淫魔の力を封じきれない。微量だが魔力が漏れるから今までと同様に気をつけるように」

「そうね。気をつけるわ」

マティアスが本当に心配してくれているのが伝わってきて、愛されている実感が湧く。

まだ好きという言葉だけはもらえていなくて寂しいけれど、不安なんて一気に吹き飛んだ。

(ちょっと迷っていたけど、今ならきっと大丈夫な気がする)

頬が緩んだまま立ち上がって、勇気を出してマティアスに声をかける。

「あのね。今日は私からマティアスにプレゼントがあるの。ちょっと待ってて」

急いで直ぐ近くにある自分の部屋に取りに戻り、またマティアスの部屋へと向かう。

渡そうか迷っていた品を手に、ドキドキしながら足を動かす。

「マティアス、お待たせっ」

「そんなに急がなくても俺は逃げない」

軽く小走りしてマティアスの元へ行くと、柔らかい表情を浮かべていた。いつもは意地悪そうな笑顔が多いのに。こういうギャップにやられてしまうから反則だ。

「これは……？」

彼にはいつももらってばかりで、物をあげるのは初めてのことかもしれない。エヴァリーナは緊張しながらもぽつりぽつりと呟いた。

「あのね。今日初めて私が描いた絵画だから、あなたにあげるほど価値のあるものじゃないけれど……。でもマティアスを想って描いたの。もらってくれないかしら」

「………………っ！」

目を見開いたまま黙るマティアスに、不安が募っていく。

やっぱり侯爵家の当主には釣り合わないプレゼントだったかと諦めかけた時、視界が真っ暗になった。

いつの間にかイスから立ち上がったマティアスが、エヴァリーナを強く抱きしめている。

「これはどんなに著名な画家の絵よりも価値のあるものだ。今までもらったどんなものよりも、そなたの想いが嬉しい」

下を向いたマティアスの綺麗な金色の瞳にエヴァリーナが映っていた。

「ありがとう、エヴァリーナ。大切にする」

「うん。こちらこそ、いつもありがとう」

吸い込まれるように唇が重なる。何度も何度も、角度を変えて。二人の気が済むまで。

バングルをつけているから淫魔の力が抑えられていて、マティアスの精気は取り込めないはずなのに。

——どうしてか彼とのキスは甘くて美味しいままだった。

第四章　建国祭デート

眩しい陽射しに目を細める。

カラッとした暑さの中、王都の街は活気立っていた。

今日は待ちに待った建国祭。

つまりマティアスとの記念すべき二回目のデートをする日。

建国祭のため主要な馬車道のほとんどが封鎖されている。貴族向けの催しがある王城への道は通れたので、平民街への道の途中までは馬車に乗ってこられた。

「わあっ！　すごい賑わいね」

馬車を降りてから平民街の広場へと向かう。道ゆく人は皆楽しそうだ。

今まではずっと働いていたから、建国祭をちゃんと見て回るのは初めてだ。

夢だった建国祭デートに浮かれていると、マティアスが小さく呟いた。

「……まだ人攫いが捕まっていない。建国祭の警備も増やしてあるが、決して俺から離れるなよ」

マティアスは、エヴァリーナの手をぎゅっと握り直してくれた。その様子がまるで決して離さないと言われているようで、当たり前にきゅんとしてしまう。

「もちろん離れないわ。今日は、わがままを聞いてくれてありがとう」

人攫いも捕まっていないので、今回のデートは中止にしようかとマティアスから提案があった。けれど、エヴァリーナが絶対に嫌だと言ったのだ。

確かに屋敷にいたほうが安全だろうけれど、最後のデートから一歩も邸宅の外に出ていない。それに何より、恋愛指南本には社交ダンスが有効だと書いてあったから……。

晴れて両想いになったけれど、まだ好きという言葉を聞き出せていないもの。

建国祭の夜、頑張って覚えた社交ダンスを実践したら、ロマンチックな雰囲気になって、恥ずかしがり屋のマティアスも好きって言ってくれるかもしれない。

エヴァリーナには、愛の言葉を彼の口から引き出したいという密かな野望があるのだ。

「……バングルと結婚指輪はしてきたようだな」

「ええ。当たり前でしょう？」

「なら、いい」

『手を繋いで決して離れない』と言う条件で、今日のデートが決行された。

護衛だって後ろからさりげなく着いて来ているのに、マティアスは過保護だ。しかしそれが彼の愛情だと思うと嬉しくて、つい口元が綻んでしまう。

（マティアスに好きって言ってもらえますように）

そう願いながら、マティアスと手を繋いで、平民街を歩く。

ただ隣にいる、それだけで幸せな気持ちになってしまうのだから恋ってすごい。

「その格好も、今となっては新鮮でいいな」

「ありがとう！　マティアスも素敵よ」

急に褒めてもらって、嬉しくて笑顔が止まらない。エヴァリーナは、祭りを最大限に楽しむためにも貴族の格好ではなく、装飾の少ないワンピースで三つ編みをしている。

マティアスも白いシャツにズボンといったシンプルな格好をして、平民の中に紛れていた。とはいえ、顔がいいから目立ってはいるけれど。

「この横で三つ編みにした髪型も、うなじが見えてそそられる」

侍女のジョゼットが張り切ってこの髪型にしてくれたのだけど、彼女には感謝するしかない。

「ふふっ。この髪型好き？」

「ああ、好きだ」

「――……っ！」

突然求めていた二文字が飛び出てきて反則だ。頭の中でマティアスの声で『好き』という言葉が残響している。

（でもまだ足りない。髪型じゃなくて、私自身を好きって言ってほしい）

それにしても、初めて引き出した『好き』が髪型だなんて。なんだかちょっと……。

（――少し複雑だわ……）

こっちは偶然引き出せた言葉で嬉しくてドキドキしているのに、マティアスはいつも通りだから、少しだけしょんぼりする。

「……どうして落ち込んでるんだ？」

「なんでもないわっ！　それよりも、広場に行きましょう」

エヴァリーナは気分を入れ替えて、マティアスを引っ張り、平民街の広場まで歩みを進めた。


平民街の建国祭会場である広場に到着すると、出店がぎっしり並んで、賑わいをみせていた。

近頃は貴族の煌びやかな世界にいたから、久しぶりの見慣れた街並みにホッとする。

社交ダンスの腕前は王城で披露出来るほどではないから、平民街の催しへの参加になったのが、正直有り難かった。

どこからまわろうかと広場をきょろきょろ眺めていると、見覚えのある長身の騎士がひょこっと現れた。

「おや？　マティアス副団長じゃないですか」

「……ニーファか、ご苦労。何か問題など起きていないか？」

「はい！　警備が多いおかげで大きなトラブルもなくて、副団長たちと一緒に建国祭をまわりたいくらいですよー」

「マティアス、出店を見ない？」

でもちょっと拗ねているようだから、繋いだ手をぎゅっと握って引っ張った。

マティアスは邪魔をされてむすっとしているけれど、本気で怒っているわけじゃない。

補佐官の騎士は手を大きく振って去っていった。

「わお。怖い怖い。それじゃあ、この辺で僕は失礼しますね」

「……ニーファ。見回りの任務を頼む」

その大人気ない様子に、思わずくすくすと笑ってしまう。

自己紹介をすると、エヴァリーナを隠すようにマティアスが前に立った。

「おい。妻を見るな、喋りかけるな」

「いつも旦那様がお世話になっております。エヴァリーナと申します」

補佐官のニーファと申します。以後お見知り置きを！」

「あっ。そうだ、申し遅れました。以前はきちんとご挨拶出来なかったのですが、副団長
パチリと目が合うと、通りすがりの騎士は敬礼して、にっこりと笑った。

の執務室で会った彼の部下だ。

ぷりぷり軽い口調でおちゃらけている騎士は、きっと騎士団の模擬戦の時にマティアス
「勝手にしろ」

「つめた〜い！　騎士団長に言いつけちゃいますよ！」

「妻との時間を邪魔するな」

「そうだな。腹が減ってきた」

「ふふっ。マティアスったら」

彼の食いしん坊っぷりに笑ってしまう。飲食店以外にも、王都の雑貨店や衣料品店、それに地方からやってきた行商人だっているのに。

だけど広場いっぱいに美味しそうな料理の匂いが漂っていて、確かに食欲がそそられる。

「わ、あっちに美味しそうなローストチキンがあるし、あっ！　あそこにはチーズパンがあるわ！　エッグタルトもおいしそう……っ」

「炭火で焼いてる肉もうまそうだな」

「あ！　それと後で私が働いていたまんぷく亭の出店があるはずだから行きたいわ」

意識してしまえば、どんどんお腹が空いてくる。

「よし、こうとなったら！　食べられるだけ食べましょう！」

美味しそうな出店に行っては色々買い込んで、マティアスの片手は、荷物でいっぱいになってしまった。なのに繋いだ手は離さないと言ってそのままだし、エヴァリーナが少し持つと提案しても頑なに渡してくれない。

ひとまず最後に働いていた食堂の出店へ寄って、広場で食べることになった。

「こんにちは！　オーナー、ミートボール四個入りを二つください！」

「あら、エヴァリーナちゃんじゃないの！　久しぶりね。ご飯はきちんと食べてる？」

「お久しぶりです。ご飯はお腹いっぱい食べさせてもらっていますよ」

「そう。それならよかったわ！　主人も会いたがっていたから、食堂にも遊びに来てね。たくさんサービスするわよ！　――あら？　あなたはお客様の……」

長らく働いていた食堂のオーナーは、突然仕事を辞めたエヴァリーナに対しても優しいままでいてくれて安心する。

笑顔で会話をしていると、オーナーが隣にいるマティアスに気がついた。

「ふふ。こちらが私の旦那様です」

「あら、まあ！　もうエヴァリーナちゃんったら、常連さんと結婚したならそう言ってくれればよかったのに！」

「あはは。ごめんなさい」

「これ六個ずつ入れといたわよ！」

「わあ！　たくさんありがとうございます！」

会計を済ませて、広場の芝生のほうへ向かう。

皆考えることは一緒で混雑していたけれど、少し歩くと人混みを抜けてゆっくり出来そうな場所を見つけた。

「マティアス、ここがいいんじゃないかしら」

「ああ。木陰で少し涼しいな」

大きな木の下に場所をとって、芝生の上にハンカチを敷く。

そこに座り込むと、ふうと息をついた。

「歩いていたら少し暑くなっちゃったわ」

「これを飲むといい」

「っ！　いつの間にジュースを買ってくれたの⁉」

「ほら、いいから早く飲め」

甘いフルーツジュースをごくごくと飲む。

飲み始めて気がついたけれど、随分喉が渇いていたみたいだ。

「マティアス、ありがとう」

「ああ。夏は体力が消耗するから、しっかり水分をとってたくさん食べてくれ」

「うん。マティアスもね」

騎士のマティアスらしいアドバイスに、なんだか心温まる。

大量に買った料理はどれも美味しくて、平民暮らしを思い出す。そのほとんどが彼のお腹に消えていった。

「あー、美味しかったっ！」

「特にミートボールと、ローストチキンが美味かったな」

「ふふっ。全部お肉じゃない。そういえばうちに来てご馳走を振る舞っていた時も、お肉ばっかり食べてたわね」

貴族向けの高級で繊細な味付けも、もちろん美味しいけれど、平民料理はホッとする味なのだなぁと実感した。

たまに平民向けの食堂へ来ていた、マティアスやリンドン伯爵の気持ちが少し分かるような気がした。

食後の運動に再び出店を見に歩いていると、店先に綺麗な花を並べた花屋が目に飛び込んでくる。

生き生きとした花が可愛らしくて少し見つめていると、店の人から呼び込みの声がかかった。

「お兄さん、綺麗な奥様にかすみ草の花冠はいかがか？」

建国祭だから、建国物語にまつわるものがよく売れるのだろう。

そういえば、花冠をつけたカップルが歩いていたのを見かけた気がした。

「そうだな。一ついただこう。――後、この花も一輪欲しい」

「えっ、マティアス」

「マーガレットだね。花言葉は、真実の愛。流石はこんなべっぴんさんを捕まえた男前だな」

いつももらっているのでいらないと断ろうとした。けれど、あっという間にマティアスは会計を済ませてしまった。

「どうも」

「お買い上げありがとう！　お幸せに」

店の人は元気に見送ってくれる。

「エヴァリーナ、ほら」

マティアスは結婚式を思い出す、かすみ草の花冠を頭に載せてくれた。

一緒に買ったいくつも花がついている一輪のマーガレットは、マティアスが茎を短く折って、エヴァリーナの三つ編みに挿してから、落ちないように保護魔法をかけた。

「そなたは花がよく似合う。可愛いな」

「……ありがとう、マティアス。また宝物が増えてしまったわ」

優しく微笑んだ後、先を歩もうとするマティアスの裾をそっと掴む。

間違っていたら恥ずかしいけれど……。今がずっと尋ねたいと思っていたことを聞く絶好のチャンスだ。

「ねえ。もしかして、今まで贈ってくれたお花の言葉も、意味を考えて贈ってくれていたの……？」

期待に弾む胸を必死に鎮めて、落ち着いて話そうとしても、声が震えてしまう。

だけどそんな杞憂《きゆう》は、一瞬で吹っ飛んだ。

「ああ。俺はまだ言葉をやれていないから、その代わりだ」

「——……っ！」

一気に鼓動が早くなって心が踊る。

同時に顔が熱くなって、真っ赤に染まってしまう。

両手で顔を隠すけれど、きっと赤くなった耳まで隠せていないだろう。

「エヴァリーナ。抱きたくなるから、そんな可愛い顔するな」

視界が暗くなったと思ったら、ぎゅうっと抱きしめられて、大好きな匂いに包まれる。

周りに人がいっぱいいるのに、マティアスのことしか考えられない。

(なんだか、もう。好きって言ってもらわなくても、こんなに想ってくれて幸せだからいいかなって思えてくる)

それにしてもマティアスは、どうして頑なに『好き』って言ってくれないのだろう。

単純に、恥ずかしいから言えないということではないような気がしてきた。


夕陽が沈み、辺りが暗くなってゆく。

そろそろ建国祭の一番の催しが始まる頃だ。女神様のいる空へ願いを込めて、聖霊を模したランタンを飛ばす。

その幻想的な景色のなか、平民も貴族も身分関係なしに大切な人と踊って祭りのフィナーレを彩る。

エヴァリーナが最も楽しみにしていた儀式だ。

「わっ、綺麗……！」

北の空に、ランタンが一つ、また一つと飛ばされていく。美しい光景に、周りからも拍手が上がる中、マティアスに肩を引き寄せられた。

どこからか現れた吟遊詩人が弦楽器でワルツを弾き始め、広場に設置してあるピアノで街の人が即興演奏を始める。人々が広場の前に出て、社交ダンスが始まった。

その様子をうっとりと眺めていると、手の甲にマティアスの唇が触れる。

「俺と踊っていただけますか？」

「ええ、もちろんっ！」

少し気取ったような誘いに、思わず笑顔が零れる。

ホールドを組んで、二人も音楽に合わせてステップを踏み始めた。皆が踊りやすいように、ゆっくり演奏してくれているから踊りやすい。

マティアスにリードしてもらうまま足を運び、くるくるとまわる。

「エヴァリーナ、上手だ。練習頑張っていたもんな」

「ふふ。だってマティアスと、こうして踊りたかったんだもの」

社交ダンスがこんなにも楽しいなんて、今まで知らなかった。

練習は物凄く苦労したけれど、先生二人のお陰でステップが身体に染み付いて、なんとか喋りながらでも動ける。

それに何より、一緒に踊っているのがマティアスだからこんなにも楽しくて嬉しいのだと思う。

「マティアス、ありがとう。今日は夢が叶ったわ」

「夢？」

「うん。私ずっと、大好きな人と建国祭をまわるのが夢だったの。今まで仕事でまわれていなくて。だから初めてがマティアスで幸せ」

「ああ、俺も幸せだ。エヴァリーナと出会えて、こうして現実で触れ合えて。だから――」

最後に何か小さく呟いたけれど、近くで大きな指笛がして上手く聞き取れなかった。

「今なんて言ったの？」

「なんでもない」

またくるくると回されて、聞けないまま次のステップへと進む。

先ほどよりも密着したかと思うと、今度は耳にそっとキスされる。夢のような景色の中、触れ合っているところ全て熱を帯びてくる。

(どうしよう。こんなの、もっと好きになっちゃう)

恋愛指南本が社交ダンスすることを勧めていた理由を強く実感した。

(やっぱり私の負けね)

――だって、一緒に踊っていると、世界にマティアスと二人きりだって勘違いしちゃうくらい彼しか見えなくなる。

今日一日を通して、マティアスへの想いがもっと大きくなってしまった。

社交ダンスでリードしてくれる頼もしさも、時折目線を合わせてくれるところも。上手くステップを踏めたら、褒めるように目元が柔らかくなることも。

それに何より、彼に包まれているのが幸せ。

(全部、全部、夢中になってしまう)

踊りながらも、うっとりとマティアスと見つめると、同じくらいの熱量で視線を返してくれる。

ワルツの終わりが近づくと、彼が耳元でつぶやいた。

「エヴァリーナ、この曲が終わったら、俺たちもランタンを飛ばすか?」

「うん。マティアスと一緒に飛ばしたいわ」

曲が終わるとカーテシーをして、その場を抜ける。

目指すは、広場のそばにある川辺だ。


川辺に行くと夜風が気持ちいい。ランタン飛ばしの列は驚くほど長かったけれど、案外回転が早いのか直ぐに順番がまわってきた。

受け取ったランタンは筒状の柔らかい紙で出来ていて、下だけが袋のように空いている。マティアスと二人で風にあおられないようランタンを持っていると、建国祭のために呼ばれた魔道士が一斉に魔法で小さな火の玉を作り、皆のランタンの中に飛ばしてゆく。

そして二人で空へ押し上げると、たちまちランタンが浮上して女神様の元へ飛んで行った。

空を見上げながら、まさかマティアスとランタンを飛ばせるなんて思わなかったなと心の中で呟く。

つい最近まで脈なしだと思っていたのに、こんなにも幸せな時間を過ごせるようになるなんて。

　ふいにマティアスのほうを見ると、彼はランタンではなくエヴァリーナをずっと見ていたようだった。こういうところもなんだか擽ったい。

「願いごとは何にしたんだ？」

「マティアスとずっとずっと幸せに暮らせますようにって女神様に願ったわ」

「――――……っ」

　マティアスが息を呑んで俯く。

　暗がりでよく見えなくてどうしたのかと覗き込むと、照れた表情を浮かべていて、思わずきゅんと胸を打たれた。

　エヴァリーナは、また顔が熱くなってきて、手でパタパタと風が来るように扇ぐ。

「マティアスは、何をお願いしたの？」

「……大体一緒だ」

「ふふっ。嬉しいわ」

　ああ、本当に幸せだなぁと思う。

　建国祭の非日常感がそうさせるのか、ふわふわしてくる。

　マティアスが愛おしくて堪らなくて。周りにたくさん人がいるのに、それすらもどうでもよくなって、高まった気持ちのまま思い切り抱きついた。

「エヴァリーナ?」

「好き、大好き。これからも、ずっとずっと一緒にいようね」

「ああ。息絶えるまで、一緒にいると誓おう」

マティアスの瞳に吸い込まれるように、顔を近づけて唇に触れる。

すると彼の手によって頬を支えられて、深い口付けを交わす。通りかかる人の冷やかしの声も聞こえるけれど、頭の中はマティアスのことでいっぱいだから気にならない。

(こんなにも幸せな日が来るなんて、生まれてきてよかった)

淫魔の母と見知らぬ父に感謝の想いを馳せながらも、夢中になってキスをする。

魔を封じるバングルをしているから、瞳の色はピンクに変わらない。

だから気が済むまで、ずっとずっとキスを繰り返した。


人気の少ない川辺に座り、夜空に飛ぶランタンを眺めながら休憩をする。

マティアスの肩にもたれて、手を繋いで、時折キスして。とにかくピッタリくっついて、身も心もあったかくなる時間を過ごす。

建国祭はまだまだ盛り上がりを見せていて終わる気配はない。広場からの歓声や、音楽がここまで聞こえてくる。王都民は大体朝まで踊り明かすのだ。

どこかに護衛が居るとはいえ、二人きりの時間。エヴァリーナは自然と甘えた声で呟いた。

「ねえ、夜は外食するって言ったでしょう？　私の働いていたまんぷく亭に行かない？　なんだか皆に会いたくなっちゃって。その後にね、また一緒に踊りたいわ」

昼にあんなにたくさん食べたけれど、歩いたり踊ったりしていたら、もうお腹が減ってきてしまったのだ。

するとマティアスが、エヴァリーナの髪の毛を触りながら、少々考えた様子で返事をする。

「もちろん構わない。だが、疲れていないか？」

「うん。マティアスは大丈夫？」

「俺は騎士だぞ。この位で疲れるわけがない」

得意げにそういうものだから、くすくすと笑ってしまう。

「確かにそうね。気を遣ってくれてありがとう」

差し伸べられたマティアスの大きな手に、エヴァリーナは迷わず自らの手を重ねた。


マティアスと歩いて、まんぷく亭の近くまで来た。

道中の変わらない景色に少し懐かしくなる。

しかしその中に強烈な違和感があった。

違和感の原因は、平民街に合わない貴族の装いで歩く一人の女性だ。髪型は見事な縦ロールで、豪華なドレスは迫力がある。エヴァリーナよりいくつか年上だろうか。

建国祭の賑やかな雰囲気の中でも、平民は皆その人を避けて歩いている。妙なトラブルに巻き込まれたくないからだろう。

「マティアス、あちらの女性のことを——」

——知っている？　そう聞こうとした時、その女性がこちらへ向かってきた。

手は繋いだまま、彼がエヴァリーナを庇《かば》うように前へと出た。

「ごきげんよう。もしかして、あなたがエヴァリーナ様でいらっしゃる？」

「は、はい。そうですが……」

返事をしたら、マティアスが目配せしてきた。

どうやら彼は、この女性が誰だか知っているようだ。

女性は上品に扇を広げて口元を隠し、よく通る声で言った。

「わたくしは、リカルダ・フォン・リンドンですわ」

リンドンという家名で、直ぐにその正体が思い当たった。

（もしかして私と同じ、ドミニクおじ様の養女の方……？）

以前リンドン伯爵に他の家族がいるなら挨拶したいと言った時、義娘には少々問題があるので挨拶は不要だと言われた覚えがある。

だからマティアスは警戒しているのだろうか？

頭の中でぐるぐる考えていると、マティアスが硬い口調で言葉を紡いだ。

「リンドン伯爵家のご令嬢がこのようなところでなんのご用でしょう」

「まあ、恐ろしい表情ですこと。わたくしは、ただ義妹の顔を見に来ただけですのに」

確かにマティアスは眉間に皺が寄っている。やはり彼女はリンドン伯爵家の令嬢だったようだ。

その険しい表情を抑えるように、彼の手をぎゅっと握った後、エヴァリーナは勇気を出して彼女に話しかける。

「リカルダ様。リンドン伯爵家の籍をお借りしておりますのに、ご挨拶が遅れて失礼いたしました。これから家族としてどうぞよろしくお願いいたします」

「ええ、そうね。是非家族として親睦を深めたいのだけど。今度、王弟殿下が開くお城の夜会にいらしてくれないかしら。もう既に招待状が届いているはずだわ」

「リンドン伯爵令嬢。その夜会は先日お断りするとお返事いたしました。美しい我が妻を人目に晒したくないのです」

「ちょ、ちょっと。マティアス」

そんな招待状が届いていたなんて知らなかった。エヴァリーナが小さな声で抗議しても、繋いだ手をぎゅっと握り締める彼の眉間の皺は消えない。

「エヴァリーナ様。ぜひ前向きに考えてくださいませ。社交は貴族の義務ですから、いつまでも参加しないと評判がどんどん落ちていきますことよ」

「余計なお世話だ。我が家門のことに口を出さないでくれ。リンドン伯爵令嬢」

「それは失礼いたしましたわ。……あのレオシヴェル侯爵様の寵妃《ちょうひ》だという噂《うわさ》は本当なのですね」

寵妃？　私が？

「ではお待ちしておりますわ。……よい夜を」

戸惑いを隠せずに呆然《ぼうぜん》としていると、リンドン伯爵令嬢が綺麗なカーテシーを披露して立ち去る。彼女は直ぐに闇の中に紛れていった。

「マティアス、大丈夫？」

「………ああ」

溜息混じりの返事は、疲れたようにも聞こえた。一体、彼女の何が問題なのだろう。

確かにマティアスに対する言葉は棘があって嫌な気分になったけれど、彼の表情もかなり険しかったし仕方がないような気もする。

エヴァリーナが不思議に思っていると、マティアスが小さく呟いた。

「彼女はリンドン伯爵を慕っているんだ」

「？」

叔父としても義父としても、リンドン伯爵を慕っているのはいいことなのではと思う。

しかしマティアスは、もう一度大きなため息をついて、正解を教えてくれた。

「……つまりだな。リンドン伯爵に、ただならぬ恋心を抱いているということだ」

「えっ!?」

まさかの事実にびっくりして目が丸くなる。

つまりはエヴァリーナがマティアスを好きなように、リカルダ伯爵令嬢は義父であるリンドン伯爵のことを好きということか。

びっくりしたけれど、リンドン伯爵が詳しく教えてくれなかったことに納得がいった。

そしてマティアスは厳しい表情のまま、エヴァリーナに忠告する。

「彼女には気をつけろ。あんな女がいる家門へ養子縁組をしてしまってすまない」

「ううん。ドミニクおじ様は、お母様もお世話になっていて、食堂にも来ていただいていたご縁のある人だもの。私はドミニクおじ様の養子となって嬉しく思っているの。だから気にしないで」

そう伝えるとマティアスは困った表情を浮かべた。

エヴァリーナは彼を安心させてあげたくて自信満々に胸を叩く。

「それに、私はマティアス一筋だから。あなたも知っているでしょう?」

「だが……」

「私はドミニクおじ様のことは先生としか思っていないし。リカルダ様ともきちんと話したら、親しく出来るかもしれないわ」

好きな人が違えばきっと恋の話だって会話が弾むと思うし、仲良くなれるような気がするのだ。

しかしマティアスの表情は暗いままだ。

「エヴァリーナ。俺は彼女と関わってほしくない」

「もう。マティアスは心配性ね」

「すまない。でも話の通じる相手と通じない相手がいる。彼女は後者の人間だ」

「どうしてそう思うの？」

「……ただの直感だ」

　彼は眉を下げてしょぼくれた顔をした。マティアスを困らせてしまったようだが、伝えなくちゃいけない。

「これからは社交界のことも一緒に考えさせて？　平民として生きてきたから頼りないかもしれないけれど、夜会のことも言ってくれないと困るわ。私はあなたの隣に堂々と立っていたいの。だから、私の意見も聞いてから結論を出してほしい」

「……そうだな。つい心配で過保護に屋敷に閉じ込めてすまない」

　しゅんと項垂れているマティアスの瑠璃色の髪の毛を、背伸びしてあやすように撫でる。

「大丈夫。こっちこそマティアスが守ってくれていることに気付けなくてごめんなさい」

「それは俺が隠していたからだ」

「ううん。私はマティアスの奥さんだから気付きたかったの」

　ちょっとだけ落ち込んだけど、そんな時でも腹は減る。

　急にエヴァリーナの腹がぐうっと鳴ってしまって、二人でくすくすと笑い合った。

「ほら、まんぷく亭は直ぐそこよ。早く行きましょう」

「ああ」

マティアスの手を引っ張って小走りで向かう。

懐かしいまんぷく亭の扉を開けたその時、静電気のようなバチッという衝撃が、指先から伝わった。

夏なのに静電気なんて変だと思っていると、マティアスが焦ったような表情を浮かべていた。

「――エヴァリーナッ!!」

そんなに慌ててどうしたのだろうと思った瞬間、魔法陣が浮かび上がり全身が光った。

腹が焼けるように熱くなって、バングルをして魔力を抑えているのに、淫魔としての飢えに襲われる。

（なに、これ……？）

腹が空いて、空いて空いて、身体が熱い。

立っていられなくて、へなへなとしゃがみ込むと、直ぐにマティアスが支えてくれた。

マティアスの香りがいつもよりも芳しく感じて、今直ぐ食べてしまいたい。

そして次の瞬間、意識がスッと遠のいた。

＊　＊　＊

（あれ、私どうしたんだっけ）

ぼんやりとした意識の中で、遠くから女性の嬌声と淫らな水音が聞こえる。

身体が熱くて、腹の奥が疼《うず》く。誰かの手で身体を触られていて気持ちいいけれど、まだ足りない。

（あっ。この安心する香りはマティアスだ）

ならこの声は――――。

（わたし？）


「ああっ。……ひゃ、マティ、ぁ、んぅっ⁉」

急に意識がはっきりしてきた。

見覚えのある天井が見え、目の前には大好きなマティアスがいた。

蜜を纏った彼の指が、秘部の花芽を擦ってくちゅくちゅと刺激している。既に着ていたワンピースは脱がされていて裸だった。

「エヴァリーナ‼　意識が戻ったか⁉」

「ん、んっ。ここは、ぁっ、手を止めないで……っ！　ひゃ、あぁん」

今まで経験したこともない身体の疼きに、涙がぽろぽろと溢れているのが分かる。

彼の長い指が中へ入ってきて気がついたけれど、お尻のほうまで蜜が溢れ出ている。

花芯をぐりぐり親指で潰しながら中を擦ってくれて、すごく気持ちいいけれど何故か物足りなさを感じてしまう。

「マティ、ぁっ！　ここは？　どうなって、るの……？」

「ここはエヴァリーナが前に住んでた家だ。合鍵をまだ持っていたから勝手に入ってすまない。人攫いの仕業か、食堂の扉に魔法がかけられていて、そなたの腹に、っ淫紋が……。――俺がついていながら、守ってやれなかった」

視界が滲んでマティアスの顔がよく見えないけれど、すごく辛そうな声色で、こちらまで切なくなる。

しかし腹の奥が疼いて疼いて上手く頭が働かない。それでも彼に元気になってほしくて。でも空腹で苦しくて、早く彼が欲しい。

「ね。いっぱい、して？　私を助けて。……お願い。私も、落ち込むあなたを、助けるからっ」

――彼は悲しんでいる様子だから、一緒に気持ちよくなって元気になってほしい。

「……ああ、任せろ。直ぐに満たしてやる」

太ももを掴まれると、一気にマティアスの大きい熱棒がググッと入り込んで来て、エヴァリーナの中を満たす。

「っひぁ！　あぁ、すごい……っ。……マティ、あっ」

頭がくらくらする位の快感に襲われる。

しかしいつもなら満たされるはずなのに、はやくも彼の精気が欲しくなる。

(もっと、もっと。足りない……っ)

奥の奥まで擦れて気持ちいいのに、何故だか切なくて。また涙が零れる。もっと満たされたくて、中がぎゅうぎゅう収縮してしまう。

でもそれだけでは物足りなくて、自然と腰がはしたなく大きく揺れ始めた。

「くっ」

「や、勝手に、動いちゃ……っ！　やだぁ、はずか、しっ……っ、ひゃあっ」

「ダメだ。エヴァリーナ、そんなことしたら出るっ」

「っ、ああ、あああぁん……っ」

激しすぎる抽挿に、頭が真っ白になる。

高波のように大きな快楽が襲いかかってきて、エヴァリーナは一気に溺れていく。

なかなか絶頂から戻ってこれず身体が過剰に震える。

はくはくと空気を取り込むように息をすると、奥に注ぎ込まれた熱液で、ほんの少しだけ空腹が満たされたことに気付く。

「マティアス、もっと。もっと、お腹に注いで」

「ああ、そのほうがよさそうだな。淫紋の色が薄れてきている。くそ、質の悪い」

そこでようやく自分の下腹部を見ると、確かに複雑な紋様が刻み込まれていた。

淫紋とは確か、強制発情を促すものだった気がする。

エヴァリーナとマティアス以外の魔力を感じ、不快で顔を歪めた。

「淫紋は大抵、子種を容量いっぱいに注ぎ込んだら解除される仕組みになっていると資料で見たことがある。――こんな淫紋、直ぐに消してやる。守り切れず辛い思いをさせて、本当にすまない……」

「ううん。まさかあんな魔法があそこにかけられているなんて思わないもの。触ったのが、助けてくれる人がそばにいる私でよかったわ」

それよりもまた奥が疼いてきた。マティアスが欲しくて欲しくて呼吸が浅くなって、上にいる彼の首に縋り付くように抱きつく。

「マティアス。お願い、キスして」

「ああ、もちろん」

唇が重なって、口の隙間から舌が差し込まれて絡め合う。蕩けるように甘い精気が美味しくて、美味しくて、夢中で彼の舌を追う。

いつの間にかバングルも外されていたようで、淫魔の力が解放されている。

もっともっとマティアスが欲しくて、金色の瞳を見つめると魔力がごっそりと失われた感覚がした。

その瞬間、彼の大きな手がエヴァリーナの目元を覆った。

「落ち着けエヴァリーナ。魅了なんてしなくても、もう充分そなたの虜だ」

「あ……。ごめん、なさぃっ！　上手く、制御出来なくて」

「大丈夫、大丈夫だ」

パニックに陥っているエヴァリーナを落ち着かせてくれるように、優しくキスをしてくれる。

そういえば淫魔として覚醒したばかりの時も、無意識にマティアスを魅了しようとしてしまった。

魅了は食べたい相手と視線を合わせることで発動し強制発情を起こす。また彼の瞳を見て魅了をしてしまったら、今度はマティアスまで発情してしまう。それは絶対避けたい。

「マティ、アス……。お願い。私に、目隠しをして……」

「だが……」

「またあなたを魅了してしまいそうで……。それにマティアスからの刺激に集中したいから」

「分かった。怖くなったら言ってくれ」

彼のハンカチを目元に巻き付けてもらって視界が暗くなると同時に安心した。

しかしその安心は束の間だった。急に胸にぬるりと舐められると、甘噛みされる。反対の胸は揉みしだかれて、エヴァリーナから甘い叫び声が上がる。

「っひゃあ……！　すごい、マティ、……んあっっ！」

目隠しをしているから視覚による情報がなく、次にどこを触られるのか予測もつかない。

マティアスが肌に触れる刺激により敏感になり、ぞくぞくと欲情してしまう。

「エヴァリーナ、目隠しをしても可愛い」

「っふぁ……。それだめぇ……っ」

今度は、急に耳元に彼の唇が触れて囁かれる。

ぴくんと身体が揺れたら、そのまま耳朶を舐められて、胸の先端も指で転がされる。

蜜口がひくひくと彼を欲しがっていると、そこへ硬いものがあてがわれて、くちゅりと淫らな音を奏でながら奥まで中に侵入してゆく。

「あぁ……っっ」

最奥まで熱棒が当たると背筋にぞくぞくとした快感が走り、それだけで達してしまう。

まだ絶頂の最中なのに足を持ち上げられ、彼の肩に乗せられる。抽挿が再開すると中に当たる角度が変わって、目眩《めまい》がするほど気持ちがいい。

「ひゃ、ああっ……。おかしく、なる……っ」

「早く治してやるからな。すまない、エヴァリーナ……」

切なげな声が聞こえた後、胸の先端を摘まれながら、いつもよりも激しく腰を打ちつけられた。

目隠しのせいでマティアスが見えなくて寂しいけれど、確かに彼の体温、息遣いを感じる。

腹が熱くて苦しい。でもマティアスが懸命に助けてくれている。

中が擦れるたび、絶頂感が止まらない。狂おしいほど疼く蜜壺のいいところに当たると気持ちよくて、腰が浮いてまた揺れた。

快感に溺れていたら、足を下される。

束の間の休憩かと思えば、今度は背中に腕が回ってきて、ぎゅうっと抱きしめられて、唇を塞がれる。

「っんむ、ふ、ぁ……」

深いキスの気持ちよさと、蜜壺の奥を打ち付けられる気持ちよさが同時に襲ってくる。ずっとイキっぱなしで辛いけれど、上と下がマティアスと繋がっていると考えると、脳が痺れるような甘い感覚に陥っていく。

視界が塞がれているからか聴覚が優位になって、くちゅくちゅと粘膜が擦れ合う音や、彼の心臓の音まで聞こえてくる。

マティアスの色っぽい吐息が聞こえたかと思えば、肩を掴まれて強すぎるほどの抽挿が始まった。

視界がチカチカ光って、深い快感が大きく膨らんで、一気に弾けて小さい悲鳴をあげる。

その瞬間に彼も達して蜜壺に熱液が注ぎ込まれた。

乱れる息と、痙攣《けいれん》する身体。そしてまた少しだけ楽になる。

「まだ淫紋が消えないな。すまないが耐えてくれ。エヴァリーナ」

マティアスはエヴァリーナを救うため、自身を抜かずにまたゆっくりと動き始めた。

達しすぎて、意識が朦朧《もうろう》として。口から漏れる嬌声は、だんだんと掠れていく。

意識を失って、また激しい快楽で目を覚ますと、時折口移しで水を飲ませてくれた。お腹が満たされても、まだまだ淫紋による熱が冷めずにマティアスの精を受ける。

そうしていくうちにマティアスのお陰で淫紋がかなり薄くなってきた。

エヴァリーナはそれを見ると、またベッドへと沈んでいった。

＊　＊　＊

喉が渇いて目が覚めた。寝返りを打つのも億劫《おっくう》なほど、ひどく疲れ切っている。

淫魔の力が高まってからは疲れ知らずだったのに。あの淫紋のせいかもしれない。

けれど幸いなことに、淫紋による熱は冷めたようだ。

ぼんやりと天井を見上げると、平民街のエヴァリーナの家から移動しているようだった。

豪華なシャンデリアは、レオシヴェル侯爵邸の夫婦の寝室のもの。窓からは夕焼けが差し込んでいた。

トントトンと聞き覚えのあるノック音がして扉の方を見ると、トレイを持った彼が入ってきた。

「エヴァリーナ!!　目を覚ましたか!?」

「うん。マティアス、おはよう」

駆け寄ってきたマティアスは騎士服を着ていた。

トレイをナイトテーブルに置くと、直ぐにぎゅうっと抱きしめてくれる。

「よかった、起きてくれて。そなたが居なくなったら、俺は、俺は――」

あれからどれだけ眠っていたのだろう。

抱きしめてくれるマティアスの腕が少し震えていて、かなり心配をかけたことを悟る。

「心配かけてごめんね」

「いや。こちらこそ守りきれなくて、本当にすまなかった」

淫紋による耐え難い疼きを思い出して、背筋が凍る。

もしもマティアスがいなかったら、意識を失なったエヴァリーナは攫われて犯されただろう。

「ううん。助けてくれてありがとう」

とんだ災難に見舞われてしまったけれど、本当に彼がいてくれてよかった。

他にも被害者が出ていなければいいのだけど。

「ねえ、私どれくらい寝てた……？」

「三日も寝ていた。屋敷に戻ってから、高熱が出ていた」

「え⁉」

「とにかく本当に心配したんだ」

頬をマティアスの大きい手に包まれて、顔を覗き込まれる。

金色の瞳が心配そうにゆれて、おでことおでこがくっつく。

「熱は下がったな。よかった」

もう一度、エヴァリーナの存在を確かめるように抱きしめられて、その後に、頬や瞼、鼻の先に優しい口付けが何度も降ってくる。

マティアスへキスのお返しをしようと起き上がったら、身体がだるくてベッドの上でよろめいた。

「おい、無理するな」

「ごめんなさい」

マティアスの逞しい腕に支えられてもたれかかると、そっと枕のほうへと戻してくれた。

これではしばらく動けないかもしれない。もう夕方だから、今日は出来ることがあまりないだろうけれど。

「犯人は見つかったの……？」

「一部は捕まったが、全てじゃない。それも組織の下っ端だから大した情報も出なかった。他にも同様のトラップにやられて、保護された淫魔がいる。捕まった者もいるかもしれないから、騎士団が捜索にあたっている」

「……そう、なのね」

卑怯《ひきょう》な魔法の罠《わな》を使って、淫魔をあぶり出して誘拐するなんて、どうしてそんな酷いことが出来るのだろう。

やり切れない気持ちでいっぱいになって、唇を噛み締める。

（お金儲《もう》けのため？　性的欲求のため？）

そういう悪い人たちがいるから、淫魔の血を引くものは隠れて生活しなければならない。

初代両陛下が魔王を倒してこの国が創られた時は、人族と魔族が手を取り合って生活していたというのに。

いつから魔族が肩身の狭い思いをするようになったのだろう。

淫魔だって、人と変わらない心を持っているというのに。

「早く奴隷商や人攫いの組織が捕まってほしいわね……。それに何より、奴隷として捕えられた人たちが早く解放されるといいのだけど」

「ああ。エヴァリーナが安心して王都の街を歩けるようにしてみせる」

マティアスの真剣な眼差しが眩しい。

頼もしくて、守られているだけは嫌なのについ胸がきゅんと弾む。

「ありがとう。私に出来ることはないかしら？」

「そなたは安全なところにいてくれ」

「うん。でも、夜会には行きたいわ。せっかく家族となった人に誘ってもらったから」

「エヴァリーナ」

マティアスが咎《とが》めるような声色になる。

リンドン伯爵家の義姉であるリカルダが平民街まで来て直接誘ってくれた。

「リカルダ様ともっとお話ししてみたいわ。ダメかしら？」

「彼女はあの食堂の近くにいたから、俺としてはかなり怪しいと思っているのだが」

「え⁉　マティアスは、彼女が食堂にあの淫紋の魔法をかけたと思っているの⁉」

あんまりな言葉に唖然としてしまう。

……そうだった、この人は本来身内でない人には容赦ない。

でもそれはエヴァリーナを心配する優しさの裏返しであることも理解していた。

「事情聴取では明らかにならなかったが、要注意人物とされている」

「きっと私たちに会いに来てくれただけよ」

「そうは言っても、夜会に参加するのは気が進まない。……俺の評判を知っているだろう？　エヴァリーナが嫌な思いをする」

――血塗れの侯爵。

彼がそんなふうに呼ばれているのを忘れていた。

マティアスにとって社交界は、昔あった事件のことを言われる嫌な場なのかもしれない。

「それじゃあ、挨拶だけ！　挨拶したら帰るから、リカルダ様に会わせて？　あ、でもマティアスは国王陛下派だから、王弟殿下の夜会には参加出来ないのかしら」

ジョゼットの授業で習った知識を思い出す。確か国王陛下は平民に寄り添った政策をしていて、王弟陛下は貴族への優遇措置を増やそうとしているのだとか。

表向きは王権を争ったりはしていないが、国王陛下派と王弟殿下派で派閥が分かれているようだった。

「それは前もって国王陛下へ報告すれば問題ないが。……その前に、体調を万全にしてくれ」

「ありがとう！　マティアス」

「まだ参加していいとは言っていない」

マティアスは呆れた表情だけど、きっと治せば連れて行ってくれる、そんな気がした。

（でも、確かリンドン伯爵家もマティアスと同じ国王陛下派なのに、なんで王弟殿下の夜会で会おうと言ったんだろう？）

エヴァリーナは違和感を覚えながらも、その後は体調回復に努めた。

第五章　社交界デビュー

夜空に満月が煌めいていた。

マティアスに助けてもらった日も、こんな綺麗な満月だったなとぼんやり思う。

あれから直ぐに調子を取り戻したエヴァリーナは、リカルダから誘われた夜会に参加するため、馬車に揺られている。

隣ではマティアスが不機嫌そうに足を組んでいた。

「マティアス。もうお城へ入ったし、そろそろ機嫌を直して」

燕尾服《えんびふく》の袖口を少し引っ張って、そっぽを向いている彼の気を惹く。

エヴァリーナが夜会へ行くと言ってから、ここ数日はずっとこんな様子でへそを曲げているのだ。

彼があまりにも頑ななので、夜会は一旦諦めてリカルダを屋敷に招待しようと考え始めた矢先のこと。

騎士団の仕事から帰ってきたマティアスが、たまたま会った王弟殿下から強引に夜会へ誘われたのだと言う。

それから急いで夜会の準備をして、ジョゼットに礼儀作法の最終確認をしてもらい今に至る。

「エヴァリーナ、そなたは今狙われている種族だということを理解しているのか」

「当たり前でしょう。でも、それとこれは別。私は新しい義姉へ正式に挨拶をして、あなたは王弟殿下へ顔を見せるだけよ」

「……バングルと指輪はしてきたな。……よし、異常もないようだ」

左手につけているバングルと指輪を軽く撫でられる。

出掛ける時は必ずこう聞かれる。

ふと『異常もない』という点に引っ掛かりを感じた。

「ねえ、いつも確認しているけど、何か魔法でもかかっているの？」

「………………」

「えっ。マティアス、まさか本当に……？」

疑いの眼差しで見つめると、怒られるのを怖がっている小動物のような顔をした。

これは何かあると踏んで金色の瞳をじっと観察していると、マティアスが居心地の悪そうな表情を浮かべる。

「怒らないか……？」

「内容にもよるわ」

少しの沈黙の後、マティアスが小さく溜息を吐いた。

「………実はその指輪には、エヴァリーナがどこにいるか分かるように、俺の指輪を通じて位置情報を検知出来るようになっているんだ」

「え、ええ⁉　そんなことって出来るの⁉」

魔法をそんなふうに使えるなんてと純粋にびっくりしていたら、更にびっくりするような言葉が耳に入ってきた。

「すまない。騎士団用の機密魔法だから、悪いが他言はしないでくれ」

「――ちょ、ちょっと。あなた、何やってるの……っ⁉」

「バレなきゃ問題ない」

しれっとした顔で、すごいことを言うものだから呆れて物が言えない。

騎士も魔法を使うと聞いたけれど、マティアスは魔道士としての才能もあるのかもしれない。

「マティアス。位置情報をあなたに知られるのは構わないけど、機密魔法を自分勝手に使うのはよくないわ。今直ぐ魔法を解除して」

「それは出来ない。一度かけたら取り消せないものだから」

「もう！　そんな危ない魔法をかけないでよ！」

「大丈夫だ。バレないよう魔法をかけている。すまない、エヴァリーナが心配なんだ。許してくれ」

エヴァリーナがため息つくと、御者が到着したと知らせてくれた。

マティアスが先に降り、何事もなかったかのように平然とした顔で、手を差し伸べてくれる。

「エヴァリーナ、手を」

「うん」

馬車を降りようとすると、周囲から好奇の視線が突き刺さる。きっと皆マティアスのことを知っているのだと思う。

だからエヴァリーナのことが気になるのだろう。

彼から贈られたエヴァリーナの纏うドレスは、光沢のある瑠璃色の生地に金糸の刺繍で豪勢に彩られている。

この色調はマティアスの瑠璃色の髪色と、金色の瞳と同じだ。

まるで『エヴァリーナは、俺のもの』と言われているようで、全身に注がれる深い愛に、嬉しくも照れてしまう。

降りる直前、見せつけるように軽く抱き止められ、エヴァリーナの耳元で小さな声がした。

「王弟殿下は、卑しい人間だから気をつけろ。絶対に目線を合わせるな。分かったら頷いてくれるか」

いくらなんでも不敬すぎる発言が心臓に悪い。

だけど人目があるし、ここで言い返してはレオシヴェル侯爵家の評判に関わる。エヴァリーナは、素直にこくりと頷いた。

マティアスの腕に手を添えて、意識して背筋を伸ばしてゆっくりと歩く。

少し緊張はしているけれど、隣に最愛のマティアスがいるから堂々と出来た。

（挨拶したら帰るだけとはいえ、王族が開く夜会に参加する日が来るとは思わなかった）

ひそひそと貴族の呟きが耳に入ってきて、マティアスの腕に添える手に力が入る。

「まさか血塗れの侯爵が夜会に参加するなんて……」

「あれが侯爵の寵妃か？　確かに相当な美人だ」

「娼婦《しょうふ》だったと噂で聞いた。侯爵が骨抜きになるのも納得の極上の女だ」

本当に貴族の会話なのかと耳を疑いたくなるような、品位が低い言葉だらけだった。

あることないこと言われているのが分かって、マティアスが心配になる。

（彼が夜会に行きたがらなかった意味がやっと分かったような気がする）

マティアスが陰口を言っている連中に視線をやると、彼らは青褪《あおざ》めてそそくさと立ち去る。……そんなに彼が怖いなら、言葉にしなければいいものを。

不快に思って作り笑顔が引き攣ったエヴァリーナを見てマティアスが立ち止まり、髪を掬ってキスを落とす。

突然の甘い行動に、マティアスのことしか考えられなくなる。

「エヴァリーナ。言い忘れていたが、今宵も眩しいくらいに綺麗だ」

「――……っ！」

「俺の色がよく似合っている」

甘く蕩ける金色の瞳に吸い込まれると、もう周りの声が聞こえない。

そしてエヴァリーナも言いそびれていたことを伝える。

「ありがとう。マティアスも、私の色がよく似合っているわ」

「当たり前だろう？」

不敵に笑うマティアスの笑顔に見惚れた瞬間、周囲の令嬢たちから黄色い声が上がる。

もしかしなくても彼の珍しい笑顔にときめいたのだろう。マティアスは美形なのだから、人気なのは当然だけど……。

（マティアスは、私の旦那様なのにっ）

彼の腕に置いている手をぎゅっと絡ませる。

エヴァリーナが嫉妬しているのに気がついたマティアスが、ふっと柔らかく笑った。

「さっさと挨拶を済ませて帰るぞ」

「ええ」

まずはこの夜会の主催である王弟殿下への挨拶のため列に並んだ。列の先頭には、豪華な衣装を着た恰幅《かっぷく》のよい中年男性がいた。

あの方が王弟殿下なのかとちらりとマティアスに視線を送ると頷きが返ってくる。

（まさか私の人生で王族に会う日が来るなんて。すごく緊張してしまう）

本当に住む世界が変わったと考えていると、他の貴族と歓談している王弟殿下へ従者が声をかけた。

殿下は直ぐにマティアスに気がついたようで、他の貴族を後回しにしてこちらへと歩いてくる。

「レオシヴェル侯爵じゃないか。よく来てくれた」

「王弟殿下にご挨拶を申し上げます」

マティアスが胸に手を当て一礼するのを習って、エヴァリーナも緊張しながらカーテシーを行う。

彼に言い付けられていたように視線は合わせず、目を伏せる。

「こちらがレオシヴェル侯爵の新妻か。いい女だな。夜は寝ている暇がないんじゃないか？」

露骨な視線がエヴァリーナの胸へと注がれるのを感じた。

夜会用のドレスの僅かに覗いている谷間を覗き込むような、ねっとりとしたいやらしい目付きに嫌悪感を抱いてしまう。

この人が建国物語の初代両陛下の末裔《まつえい》だと思うと悲しい。

「はい。ですから早々に帰らせていただきます」

「君は相変わらずつまらない男だな」

「光栄です。では」

もう一度、二人は一礼する。

マティアスにエスコートされてその場を離れようとすると、王弟殿下に呼びかけられた。

「それはそうと、レオシヴェル侯爵」

「……いかがなさいましたか」

「仕事のしすぎは身体によくない。気をつけたまえ」

「肝に銘じましょう」

そう告げると王弟殿下の雰囲気がギラっと厳しいものに変わった。

そしてマティアスも瞳の奥がいつも以上に冷たい。睨み合っているように見えて、周りの温度が氷点下にまで下がったような気さえする。

無言で立ち去るマティアスに手を引かれてついていくと、休憩室に辿り着いた。王城の大広間の付近にはたくさんの個室があって、夜会に疲れたら休めるのだという。

マティアスは空いている休憩室の扉を開いて、直ぐに鍵を閉めた。

二人揃って疲労の色を滲ませて大きなため息を吐く。

「エヴァリーナ、不快だったろう。よく耐えてくれた」

「ううん。隣にマティアスがいたから大丈夫だったわ。それよりもあなたは大丈夫？」

「ああ、もちろん。隣にエヴァリーナがいたから」

「ふふっ」

自然に笑い合う。互いが互いの力になることが嬉しくて幸せだ。

二人して大きなソファに沈む。まだ今夜済ませなきゃいけないことは終わっていないいけれど少し休憩だ。

「思ったよりも不躾な目が多い。エヴァリーナをこれ以上奴らに見られるのは耐え難いから、リンドン伯爵令嬢はここに呼ぼう。俺が探してくる」

「え？　でも……」

義姉であるリカルダとマティアスは、相性が悪いような気がするから心配だ。

「私も行くわ」

「ダメだ。さっきの王弟との会話を聞いたろう？　もしかしたら淫魔を攫っている組織のトップは奴かもしれない」

「えっ⁉　そんな、まさか……⁉」

王弟殿下の言葉を思い返す。

確か『仕事のしすぎは身体によくない。気をつけたまえ』と言っていた。

「あれは、労りの言葉なのではないということ……？」

「きっと俺が調査しているのを知って、自分が関わっているから手を引くようにと言っているのだろう」

「うそっ」

「だから頼むから、ここで鍵を掛けて待っていてくれ」

懇願するようにマティアスの大きな手に肩を摑まれる。真剣な眼差しは素敵だけど、どうしても心配が勝る。

「でもそれでは、マティアスが危ないんじゃ……！」

「俺は大丈夫だ。騎士団の中で一番強いからな。一人でここに残すのはかなり心配だが、この部屋に部外者が入れないように魔法をかけておくし、扉の前には護衛も置いておく。――だが、万が一何かあったらバングルを外して指輪に魔力を注いで。俺に伝わるようになっているから」

「…………分かったわ」

名残惜しげに抱きしめられた。「行ってくる」と耳元で告げられると、もう引き止められない。

休憩室を出ていく背中を見届けて、扉が閉まった。

(こんなことになるなら、夜会に来るべきじゃなかった)

マティアスは王弟殿下に無理やり誘われたと言っていたから、結局断れなかったのだろうけれど。

淫魔の血を引くエヴァリーナはかなりのお荷物だ。

ただ義姉に挨拶するために来たはずが、とんだことになってしまった……。

「エヴァリーナ……」

シンとした部屋で不安に苛まれていると、突然頭の中で落ち着いた女性の声が響いた。

「え？」

「エヴァリーナ。こっちよ、こっち」

立ち上がって、辺りを見渡しても誰もいない。

マティアスが誰も入れないように魔法をかけてくれたはずなのに、どうして声がするのだろう。

（もしかして幽霊じゃないよね……？）

正直怖すぎる。

顔から血の気が引いてきたところで、壁にある絵画が目に入る。

——あれは、建国物語の初代王妃陛下の肖像画？

すると何故か、絵の中の初代王妃陛下が、こちらに手を振ってきた。

頭の中に響くエヴァリーナを呼ぶ声と、肖像画に描かれている初代王妃陛下の口の動きが一致する。

「やっと気がついたのね」

「え、えぇっ⁉」

絵の中の初代王妃陛下は、お茶目にウインクしてもう一度手を振った。

「私はこの王国の初代王妃であるサナよ」

「う、うそ……」

「本物よ。今は女神の眷属《けんぞく》となって動いているの。あなたにお願いがあります」

「私に、お願い……っ⁉」

リンドン伯爵に魔法で動く絵画は見せてもらったことがあるけれど、絵の中の初代王妃陛下はまるで生きているかのようだ。

夢を見ているかのような状況に、緊張で喉を鳴らした。

「それは、一体……？」

「時間がないから手短に伝えるわね。——実は私も元は淫魔だったの」

「えっ」

ふと、リンドン伯爵からもらった画集の内容を思い出す。

『誰からも愛されていた美しいサナは皆を虜にさせていた。そんな彼女を射止めたのは女神の泉で出会った後の初代国王、シンドラーだった』

『初代両陛下は女神の元へ行き、自ら創り上げたこの王国を今も空から見守っている』

〝誰からも愛されていた美しい〟という記述は、淫魔であることを表していたのかもしれない。

初代王妃陛下は、神妙な様子で重々しく口を開いた。

「淫魔は弱い魔族と言われているけど、実は本来強い力を持っているの。何より淫魔と結ばれた相手は、大きな力を与えられる。それを知った私たちの子孫の一部が、魔族の地位を意図的に下げて、密かに淫魔を誘拐しこの塔の地下にある場所へ閉じ込めている」

「っ⁉」

淫魔を攫う組織の真犯人は、やはり王弟殿下だったのかもしれない。

先ほど夜会に戻っていったマティアスが気掛かりだ。

「――お願い。あなたの力で、彼女たちを助けて」

彼女の切なる願いが、心に染み渡る。

もしも淫魔がこの塔に捕まって、不当な扱いをされているならば、エヴァリーナだって助けたい。

「けれど、そんなことが私に出来るのでしょうか」

つい最近まで淫魔だということを忘れて、普通の平民として暮らしてきた。魔法だって教会で習う簡単なものしか使えないのに。

「ごめんなさい。もう時間だわ」

急に焦り始めた初代王妃陛下が、絵画の中からエヴァリーナに早口で告げる。

「エヴァリーナには絵の才能があるし、マティアスにはあなたを守る力があるわ。私はこの国の安寧を見守り、王国民の願いごとを女神様へ届ける役割を担っているだけで、出来ることは少ないの。人任せでごめんなさい。もし彼女たちを助けてくれたら、あなたたちの願いごとを叶えることは出来るから、どうか………」

初代王妃陛下は、儚《はかな》い笑みを浮かべながら「よろしくね」と言い、動かなくなった。

しばらく待ってみたが、彼女の肖像画はピクリともしない。

ふとリンドン伯爵の言葉を思い出して、淫魔の力を抑えるバングルを外し、絵画に魔力を注ぐ。

……魔法がかかっていれば絵画が光ると教えてもらったけれど、全く光らない。

（少なくとも、人為的にかけられた魔法じゃないみたい）

白昼夢を見たような感覚に、戸惑いを隠せず立ち尽くす。マティアスが心配で、不安で心臓がぎゅっと苦しくなった。

（何かトラブルに巻き込まれていないといいけれど……）

すると突然、扉の向こうが騒がしくなってきた。

扉がトントトンと叩かれる。いつものマティアスのノック音だ。

「エヴァリーナ、入れてくれ」

「マティアスっ！」

――よかった、無事で。

鍵を開けて、中へとマティアスを招く。

すると外には、義姉であるリカルダの姿もあった。再び休憩室の扉の鍵を閉めて、直ぐに挨拶をした。

「リカルダ様、ご無沙汰しております。此方までお越しくださりありがとうございます」

「ええ。全くこの男は、本当に自分勝手だったわ」

マティアスの眉間の皺が増えている。よっぽど相性が合わないのだろう。

リカルダと向かい合わせにソファに座ると、マティアスは会話に加わろうとせず壁に寄りかかって目を閉じた。

「エヴァリーナ様。先日の建国祭の後、大変な目に遭ったと聞きましたわ。詳細は存じ上げませんが、もう体調はよろしいのですか？」

「はい。旦那様のお陰で、しっかり治りました」

「そう、よかったわ。万全の状態ならば、遠慮せずに聞けるわね」

リカルダは膝の上で両手をギュッと握った。どうやら緊張している様子で、こちらも何を言われるかドキドキしてきた。

彼女は大きく深呼吸をすると、周りを見渡して、小声でエヴァリーナに問いかけた。

「――あなた、淫魔なのでしょう？」

「っ」

一気に場の空気が緊迫する。

何故リカルダがそれを知っているのかと戸惑いを隠せず、僅かに動揺してしまう。

声が震えぬよう慎重に返答した。

「どうして、そう思われるのでしょうか？」

「建国祭の時は、周りに人がいたからこの話を出来なかったのだけど。以前噴水広場でレオシヴェル侯爵様といる時に見たわ。あなたの薄紫色の瞳が、ピンク色へと変わるのを」

(あ、マティアスと初めてデートした時だわ……！)

迂闊《うかつ》だった、と今更後悔しても仕方がない。

いくら義理の家族だとはいえ、淫魔だと知られるのはまずい。

「……ええと、光の加減かと思いますが……」

ひとまず誤魔化してみるが、彼女は静かに首を横に振った。マティアスのいるほうから緊張感が漂ってきてヒヤヒヤする。

しかしリカルダはそれに反して穏やかな口調で言葉を紡いだ。

「誤魔化さなくてもいいの。私は淫魔だからって差別しないわ。そもそもあなたは、お父様が唯一描く女性にそっくりなんだもの」

確かにリンドン伯爵の個展には、風景画しか展示されていなかった。

唯一描く女性とは、もしかして母のことなのだろうか。

そう考えていたら、衝撃的な言葉が投下される。

「——あなたが、あの人とお父様の子供なのでしょう?」

「……え?」

(ドミニクおじ様が、私のお父様……⁉)

そんなまさか。エヴァリーナは、信じられない思いで息を呑む。

僅かに手を震わせていると、こちらの混乱に気付かずどんどん彼女の話が進んでゆく。

「私はお父様の妻となるのが夢なの。だからあなたは、義娘となるわね」

——待って、待って。全然話についていけない!

それなのにリカルダの興奮は高まるばかりで、鼻息荒くテーブルに手を置き身体を乗り出した。

「お父様の血を受け継いでいるのだもの。もちろん可愛がって差し上げるわ。私のことは母だと思ってもよろしくってよ」

「っ⁉」

　何がなんだか分からない。

　考えすぎて頭がくらくらする。マティアスに視線で助けてほしいと伝えると、彼が大きなため息をついた。

「……リンドン伯爵令嬢。エヴァリーナはまだ、リンドン伯爵との血のつながりについて何も知らされていない」

「な、なんですって⁉」

　マティアスも知っていたようだ。リカルダはエヴァリーナが知らないことに驚いている。

（ということは、本当にドミニクおじ様が……？）

　エヴァリーナが驚きで固まっていると、マティアスが額に手をやり、もう一度ため息を吐いた。

「ところで私からも問いたいのだが、リンドン伯爵令嬢は本当にエヴァリーナを害するつもりはないと？」

「当たり前じゃない！　むしろ娘として面倒を見て、とってもとっても可愛がりたいと思っているのよ！　……もちろんお父様を愛するわたくしの存在は混乱を招くからと、エヴァリーナ様には会わないように言われたけれど……」

　マティアスは目頭を揉みながら、もう一度ため息を吐く。どっと疲れたような様子に心配になるも、彼は直ぐに持ち直してリカルダに問いかける。

「では、何故エヴァリーナをこの夜会に誘った？」

「言ったじゃない。家族として親交を深めるためだと」

「違う。俺が聞きたいのは、何故この夜会だったかと言うことだ」

「え？　あ、それは、王弟殿下から手紙が届いたからよ。レオシヴェル侯爵家は社交界から浮いた存在で、義妹が心配だろうから他の貴族と間を取り持つため連れてくるようにと」

「なるほど。エヴァリーナ、今直ぐ帰るぞ」

「え⁉」

一転、マティアスは緊迫した表情を浮かべる。周りの気配を探るような様子に、一気に不安になる。

「ちょっと。話も途中なのに失礼なのではなくて？」

「しっ。リンドン伯爵令嬢、悪いが静かに」

彼の突然の変化に、流石のリカルダも戸惑い小声でマティアスへ訴えた。

「一体、どうしたって言うのよ」

「嫌な気配がする。どうやら本格的に狙われているようだ」

「っ！」

すると間も無く、使われていない暖炉から白い煙が勢いよく落ちてきた。

まるで火事となったかのように、部屋の中に充満していく。

突然のことに身を固くすると、マティアスの大きな手に手首を摑まれた。

「エヴァリーナッ!!　リンドン伯爵令嬢も、早く外へ!!」

勢いよく走って、扉の外へ出る。

外の空気を吸えて、安心したのも束の間。

レオシヴェル侯爵家の護衛が何者かと闘っていた。

外は魔法灯があるとはいえ暗い。

状況はよく見えないが、それでもこちらの護衛のほうが人数も多く優勢のようだった。

そしてマティアスが、大きな声で護衛の一人に叫ぶ。

「イネス！　リンドン伯爵令嬢を頼む」

「はっ」

「俺は事態を報告してくる」

「後はお任せください」

「ああ。でも殺さないでくれ。嵌《は》められて反逆者の仲間入りになるかもしれないからな」

「心得ております」

会話を終えたマティアスの力強い金色の瞳と視線が交差する。

「エヴァリーナ、一緒に来てくれるか？」

「もちろんよ」

マティアスの言葉に頷いて、手を繋いでまた走る。運よく低いヒールだったから、まだまだ走れそうだ。

回廊まで出ると夜会は開催されているはずなのに、やけに静かで人気がない。

「まずは騎士塔まで行く。その後エヴァリーナを馬車で屋敷に送り返すから、それまで辛抱してくれ」

「ううん。私はまだ帰れない」

ここは譲れないところだ。

エヴァリーナは走りながらも、懸命に説明する。

「私たちを襲ってきたのはきっと王族の方よね」

「ああ。この城で、こんなにも大胆な動きを出来るのは奴らしかいない」

「ならやっぱり帰れないわ。夜会の開かれていた塔の地下に、誘拐された淫魔が集められているみたいなの」

「なっ⁉　それは本当か」

マティアスの目が大きく見開いた。

攫われた淫魔がどんな目にあっているが分からないけれど、あんな卑怯な魔法を使ってくる連中だ。早く助けてあげたい。出来れば、今夜中に。

「彼らを助けるには、私の力が必要みたいなの」

「なんでエヴァリーナが⁉　それは誰から聞いたんだ」

「信じられないだろうけど、この王国の初代王妃陛下よ。今は女神の眷属だと言ってさっき彼女の願いを託されたの」

「本当か……⁉　何かの罠じゃ」

「人為的な魔法の形跡がなかったから、きっと本当だと思う。お願い、私を信じて」

この状況でマティアスに信じてもらえなかったら流石に堪える。

出来るなら、囚われている淫魔たちを助けるために力になってほしい。

「分かった。信じる。後のことは俺に任せろ」

「っありがとう！　マティアス！」

騎士塔が見えてくると、見回りなのか手さげの魔法灯を持った騎士がこちらに声をかけてきた。

「あれぇ？　マティアス副団長じゃないですか。そんなに慌てていかがなさったんです？」

声をかけられて一瞬ヒヤッとするが、この騎士は確か建国祭でもバッタリ会ったマティアスの部下の副団長補佐官だ。

「ニーファ、ちょうどよかった。バルドゥル騎士団長へ至急伝えてくれ。王弟が動いた、直ぐに陛下へ報告してほしいと」

「そりゃあ、大変だ」

飄々《ひょうひょう》としたその喋りに違和感を覚える。

そしてニーファが腕を振った次の瞬間、光の軌道がこちらに向かってくる。

何がなんだか分からないうちにマティアスがエヴァリーナを抱きしめて、二人一緒に地面へ転がる。

「本当にうちの副団長は、懐に入れた人間にだけは、油断をしてくれて助かるなぁ」

きっと、見間違いだと思った。

鋭い光が、魔法による攻撃が、マティアスに当たったという現実を受け入れられない。

でも、エヴァリーナの上に覆いかぶさって倒れたマティアスは、ぐったりとして動かなくて……。

「マティ、アス……？」

「ははっ。やっぱりあなたを狙ってみて正解だったな」

「いや、嘘……っ」

「副団長は、エヴァリーナさんのことを心底愛しているようだから」

マティアスを揺すっても、ピクリとも動かない。

あんなに強いのに、自分を庇って魔法に当たったなんて信じたくない。

――だけど、やっぱり、マティアスは動かない。

「いやぁあああぁぁぁ!!」

悲鳴を上げた途端、エヴァリーナにも同じ光が当たって、身体が痺れていく。

血の気が引いて、視界がぼやけて……。

次第に真っ暗になる。

「王弟殿下ではなく、国王側に付いたのが運のつきだったな」

最後に聞こえたのは、無情な裏切りの言葉だった。

第六章　淫魔のちから

…………意識がぼんやりする。

手のひらや足首が痺れていて、夏なのに身体の芯まで冷え切って寒い。

（わたし、なんで寝てたんだっけ……？）

まわらない頭で考えること数十秒、一気に記憶が蘇《よみがえ》った。

魔法で襲ってきたマティアスの補佐官。

エヴァリーナを庇ってぐったりと倒れたマティアス。

「あ……っ」

慌てて起き上がれば、痺れた箇所がジンジン痛む。

「う、うぅ……」

呻《うめ》き声を上げながら、だんだんと状況を理解してきた。

冷たい石床で身体が痛い。周囲は暗くて、目が慣れるまでに時間がかかる。

でも、近くにマティアスがいないことは何故か分かった。

「あ、起きた？　僕の新しいお嫁さん」

「っ」

突然嬉々とした男の声がして、身体が強張る。

この男は、マティアスの補佐官だ。

「初めて見た時から美しいと思っていたんだ。しかも君が淫魔だなんて運命じゃないか」

恍惚とした声色は、自分に酔っているかのようで、決してエヴァリーナ自身を見ているわけではないと確信した。

「僕が一体何者なのか知りたいよね？」

無言を貫いたまま、必死にこの状況をどう潜り抜けようか考える。徐々に視界がはっきりしてきたので、警戒されないよう視線だけで探っていく。

この広い空間はどこかの一室のようだが窓がない。

だから今が夜なのか、朝なのか検討もつかない。もしかして初代王妃陛下が言っていた淫魔が囚われている塔の地下なのだろうか。

家具も見当たらないのに、何故かエヴァリーナよりも大きな絵画が飾ってあった。

「名前だけを教えるならニーファでもいいだろう。だがしかしそれは副騎士団長の補佐官としての名前だ」

——つまりニーファという名前は、偽名ということだろうか？

慎重なマティアスと信頼関係を築くほどに信用されていた人物。

何を目的としているのか分からないけれど、随分入念に準備したようだ。

幸いなのは手足を拘束されていないこと。

以前に誘拐された時はあれが厄介だった。

「あれあれ？　僕のこと、興味ないのかな？　まぁ、でも運命の人だから特別に教えてあげる」

一歩、また一歩。

こつん、こつんと足音を立ててこちらへと近づいてくるたびに、恐ろしさが増す。

床に座り込んでいるエヴァリーナの目の前に男がしゃがみ込んだ。今まで暗がりで気が付かなかったけれど、物凄く楽しそうにこちらを見ている。

「ボニファティウス。君も貴族になったのなら知っているよね」

「――っ」

〝ボニファティウス・クヴェレシュ・ヴェーアト〟

それは、行方不明になった王弟の子息の名だった。

今もなお見つからないとジョゼットから習ったけれど、まさか堂々と王城に居たなんて。

「ねえ。君は淫魔の本当の力を知ってる？」

本当の力……？

もしかして初代王妃陛下がおっしゃっていた〝大きな力〟のことだろうか。

考えを巡らせながら黙っていたら、男は痺れを切らした。

「…………まだダンマリなのかな。そろそろ一人で喋るの飽きてきたんだけど」

つい数秒前までは明るい声だったのに、急に不機嫌な様子へと変わってぞくっとする。危険を感じたエヴァリーナは、掠れた声で言った。

「淫魔の、本当の力って？」

「お、いいね。やっと喋ってくれた。その声も可愛い。君は建国物語を知っている？」

「はい」

「なら、話が早い」

エヴァリーナが喋ったおかげで、男の機嫌はぐんと直ったようだ。

男は冷たい石の床に腰を据えて、ゆっくりと語り始めた。

「建国物語ってさ、全て四百年前に起こった本当のことらしいんだけど。でも生きているうちに魔王を倒して建国したり、民を集めるため旅に出たり、こんなに巨大な城や王都を作ったり。普通の人間じゃ一生のうちにそこまで多くのこと出来るわけないじゃん？」

「確かに、そうですね……」

伝説の物語だと捉えていたから、そこまで深く考えたことはなかったけれど。

本当に起こった史実だとしたら、信じられないことが多い。

「あのね、この国の初代王妃陛下は淫魔だったんだ。淫魔は精気を食事として食べるだろう？　もっと美味しく食べられるように、自分の魔力を混ぜて、相手の魔力量を増やしていくんだ。農民に育てられる家畜みたいでちょっと不快だけど。建国物語に出てくる魔王だって淫魔のハーレムを作っていたし、淫魔って人族だけでなく、どんな魔族とも交われるってすごい貪欲な生き物なんだ」

「――……っ！」

まさか魔力量を増やす効果があったなんて……。

だから魔王も長らく君臨していたのか。

マティアスが肌を合わせる際に、魔力が混じり合っていると言っていたことがあったけれど、変な影響は出ていないだろうかと心配になる。

しかし淫魔の隠された力はまだあるようで、男は得意げに話を続ける。

「でね。ここからが一番大きな力。淫魔の寿命は人族より長いでしょ？　気に入った獲物が人族の場合、長く食べていけるように、魔力を混ぜる時、特に熱が入る。

するると驚くことに人間の加齢スピードが遅くなるみたいでさ、初代国王陛下は二百歳まで生きたんだって」

驚いた。

――初代王妃陛下が言っていたのは、このことだったんだ。

そういえば母がいつだったか『淫魔は元々愛を司る魔物』だと教えてくれた。

もしかしてこの力が関係しているのだろうか。

母は年齢を最期まで教えてくれなかったけれど、ハーフのエヴァリーナはいつまで生きられるんだろうと考える。

無事に帰れたら、このことをマティアスに相談しなくちゃいけない。

「しかし父上は運命の淫魔を見つけられなかった。淫魔が手に入りやすいように、魔族の評判をどんどん下げたのに残念な人だよね。ただ単に好き勝手に淫魔を抱くだけじゃ魔力量は増えても寿命は伸びないみたいでさ、ちゃんと愛し合わなきゃダメなんだって。でもそのお陰で僕の番が回ってきた」

残酷すぎる言葉の数々に悔しさが滲む。

エヴァリーナは、手のひらを強く握って唇を噛んだ。

(魔族の地位を下げたのはこの人たちだったんだ)

人攫いに怯《おび》え、淫魔の血が混ざっていることを隠して暮らさなきゃいけない生活は、やっぱり悪意が原因だった。

湧き上がる憎しみに、身体の震えが収まらない。

「エヴァリーナ。君はどんな淫魔よりも美しい。やっぱり僕は人族だからさ、ハーフの君のことなら、きっと愛せると思うんだ」

何故エヴァリーナが、ハーフだということまで知っているのだろう。

憤る気持ちと、目の前の男が恐ろしい気持ちとで、身体が震える。

「そんなに震えて怖がっているの？　大丈夫、大丈夫だよ。僕たちの未来は、ちゃーんと考えてあるからね」

「なに、言って……」

エヴァリーナを攫ったのは、この男だと言うのに。

まるで赤子をあやそうとしているような語り口に狂気を感じて恐ろしい。

「筋書きはこうだ。レオシヴェル侯爵が淫魔を多数攫って色欲に溺れていた。彼に囚われた淫魔を助けてやろうと彼女たちに手を差し伸べると、レオシヴェル侯爵が激怒して私を殺そうとした。——後は父に任せれば、レオシヴェル侯爵は前科者だから今回は流石にその罪から逃れられないだろう」

「そんなことやめてっ‼」

恐ろしくて、小さく叫ぶ。

マティアスに罪を着せるなんて、そんなことは許されない。

「どうして？　他の淫魔たちはもう必要ない。僕はエヴァリーナ一筋なのに。何が不満なの？」

小さい子供のような疑問を投げかけられたかと思えば、手首を掴まれそうになる。

「いやっ」

触られたくなくて左手首を思い切り振り払う。

その瞬間、淫魔の力を抑えていたバングルが、カランと音を立てて転がり落ちた。魔力がどんどん戻ってきて、力が漲っていく。

しかし拒絶したことが、男の逆鱗《げきりん》に触れたようだ。

それまで浮かべていた笑顔はかき消え、顔を真っ赤にして激昂《げきこう》した。

「この王国の頂点になる男に、なんたる無礼だ！」

先ほどまでの飄々とした喋りから一転、目を見開いてこちらに飛びかかってきた。

思い切り後ろに倒れ、石の床にぶつかり、組み敷かれる。

両手首を摑まれて拘束されてしまった。

「やめて!!」

「僕の妃になることを光栄だと喜ぶべきなのに。この生意気な態度が直るまで調教してやるッ!!」

血走った目で叫ばれて震えが止まらないけれど、一方でやけに思考が冷静になってきた。

(絶対に犯されたくない。私に触れていいのはマティアスだけ)

夜会に行く前の馬車でマティアスが言っていたように、指輪をつけていれば位置情報が分かるはず。

それに結婚指輪に魔力を流し込めば、マティアスに伝わるはずだ。

捕まれている両手に魔力を纏わせて、無我夢中で力いっぱい下に振り払った。

すると魔力の威力もあって不意を打てたようだ。

両手の握り拳が思い切り相手の頭に命中し、男は吹っ飛んで壁にぶつかった。

「……あれ?」

蛙《かえる》が潰れたような声が聞こえたと思ったら、白目を剝いて泡を吹いている。

男の顔面が蒼白《そうはく》になったので、やりすぎだったかと焦る。

「し、死んでないわよね……?」

そうっと近づいて覗き込むと、とりあえず息はしていて安堵する。

いくら悪人とは言えど、こんなにも簡単に死なせるわけにはいかない。

簡単に逃げられないように、男の騎士服を脱がして下着姿にする。

騎士服はマティアスで脱がしたことがあるから簡単だ。後は、ズボンに付いていたベルトで手首を縛れば完成。

勝手に逃げられないよう、服を魔法で燃やす。この位の簡単な魔法なら出来るのだ。

「ふう」

安堵のため息が出る。動いたら熱くなったので汗を拭いていると、こちらに走ってくる足音がした。

もしかしてと思って、扉が開くのを待っていると、大好きな瑠璃色が見えた。

「エヴァリーナッ！」

「っマティアス!!」

マティアスはひどく焦った顔でこちらに駆け寄ってきて、その勢いのまま思い切り抱きしめられた。

走ってきて上がった息と、熱い体温。ウッディーな香り。

「大丈夫か!!　何があった!?」

「私は大丈夫。……マティアス、無事でよかった」

助けに来てくれた愛しい人の顔を見上げて、ゆるりと頬が緩んだ。

そのまま抱きしめあって、互いを確かめるように唇を重ねる。触れるだけのキスだけど、心の芯まで温まって安心する。

気が緩んで涙が出そうになったが、ぐっと我慢した。

「奴に何もされていないか⁉　って、なんであいつは裸で拘束されてるんだ⁉」

「あはは……。怖かったけど、大丈夫。……なんとか、やっつけられた、みたい？」

逃がさないために下着以外、騎士服を脱がしたとはなんとなく言えずに苦笑いする。

だけどマティアスはなにも聞かずに、ぎゅっと抱きしめてくれた。

「遅くなってすまない。エヴァリーナ、地上へ戻ろう」

「うん」

マティアスと手を繋ぐと、やっと緊張でこわばっていた身体がほぐれてくる。

やはりここは地下だったんだと思った瞬間、突然頭の中で声が響いた。

「行かないで‼　ッ助けて、助けて‼」

「え？」

夜会の途中、初代王妃陛下と喋った時のような不思議な声の聞こえ方だ。

どうやらマティアスにも聞こえているようで、きょろきょろ辺りを見渡している。

「誰だ？　どこにいる？」

あの時、初代王妃陛下は、絵画から話しかけてきた。

ふと、この部屋にも大きな絵画があったと閃《ひらめ》く。その絵画に視線をやると、そこには檻《おり》に閉じ込められている美女が何人も描かれていた。

「あっ！　そこにいるのね」

「絵画が動いている、だと……？」

その美女たちが皆エヴァリーナとマティアスを見ている。こちらに向かって叫び、出してほしいと檻を叩いていた。マティアスは彼女たちを不思議そうに凝視している
「もしかして、あなたたちは生きた淫魔……？」

「そう、あなたと同じ淫魔よ！　この絵画の中に囚われているの！　助けて！」

「エヴァリーナが言っていた通り、ここに閉じ込められていたのか」

慌てて絵画に魔力を通してみると、やはり魔法がかかっているようで思い切り光った。

リンドン伯爵は、魔法がかけられた絵画には不用意に触らないよう言っていたけれど、どうやって閉じ込められた人を現実の世界に戻せるのだろう。

「エヴァリーナ？」

「大丈夫、任せて」

絵画を念入りに確認していると、マティアスが心配そうに見ている。

それに気がついたエヴァリーナは、彼を安心させるように片目をつむって笑顔を見せた。

「あなたたちは、どうやって絵画の中に閉じ込められたのですか？」

彼女たちが閉じ込めた方法さえ分かれば、解決の糸口が見えるかもしれない。

そう考えて問いかけたら、一人の色っぽい女性が答えてくれた。

「この絵画に出入りする時、あの男は宮廷画家を名乗る初老の男を連れてきて、牢《ろう》の外に扉と鍵を描かせていた。その扉でこの絵画の世界に入り込んで、鍵で牢を開けて……」

「分かりました。私も扉と鍵を描いてみます」

絵画の中に入るには扉が必要らしい。どうやら描くために触っても、絵画に取り込まれたりということはなさそうだ。

しかしこの部屋には絵の具や筆がなくて困ってしまう。一刻を争う事態なのに。

（あ、そうだわ……っ）

躊躇《ちゅうちょ》することなく、利き手である右手の親指を噛む。犬歯が皮を抉《えぐ》ると、赤い血液がとろりと出てきた。

「エヴァリーナ！　何をしている！」

「大丈夫、そんなに痛くないわ」

――絵の具がなくてもきっと描ける。

血液が固まらないうちに魔力を全力でたくさん込めて親指で描く。出が悪かったら時折人差し指で傷の近くを押して。

外の世界に繋がるように、彼女たちが外に出られるように。

しかし魔力を込めすぎたのか、後ろにふらついてしまう。

「危ないッ」

すかさずマティアスが、抱き止めてくれる。

そのまま後ろから抱きしめられ、使っていなかった左手を握られる。

「ありがとう、マティアス……！」

「俺にはこれくらいしか出来無さそうだからな」

左手から、マティアスの温かい魔力が注ぎ込まれる。

それが身体に循環して、力が漲ってくる。彼に背中を守られながら、懸命にドアと鍵を描き続けていく。

次第に描き上がってきて、最後に扉の取っ手を書けば完成だ。

「……出来た」

エヴァリーナによって描かれた扉と鍵は、完成した途端、赤い線がきらりと光った。

すると、牢の中に描いた鍵に彼女たちが手を伸ばし、檻の錠を開ける。

そしてエヴァリーナが現実世界から扉を開けると、大量の魔力を一気に失った感覚がした。

「こっちよ！　戻ってきて！」

必死に声をかけると、どんどん淫魔たちが出てくる。

彼女たちの安堵の声や、エヴァリーナへの感謝の言葉を聞いて、無事現実世界へ戻ってくる手助けが出来たとホッとして力が抜けた。

「エヴァリーナ、お疲れ様」

立ち眩《くら》みを起こしたところを、崩れ落ちないように強く抱きかかえられる。

マティアスがいなかったら、きっと描きれなかったかもしれない。

「ありがとう、マティアス」

どうやら、囚われていた淫魔は全員出て来られたようだ。

後は今度こそ皆でここから脱出するだけだ。それに、淫魔を利用していた王弟やその息子である王子が捕まれば、きっと平和な未来が待っているはず。

最後まで地に足をつけて、この事件を見届けたい。

ふらつく身体を気力で奮い立たせる。

マティアスはエヴァリーナを抱きしめながら、器用に魔力を手のひらから出していき、透明な縄を作った。それを使って王子を念入りに拘束する。

「ニーファ、残念だ」

彼は、声を固くして小さく呟く。信頼していた人に裏切られた悲しみを感じて、エヴァリーリーナはマティアスの手を強く握る。

ナは振り返った彼が目を細めた。それがまるで「ありがとう」と言われているようで、切なくなった。

王子を置いて、皆で部屋から出ると、マティアスが厳重に魔法で施錠する。

エヴァリーナと淫魔たちが閉じ込められた場所は、やはり夜会が開かれていた塔の地下だった。

息を切らしながら階段を上っていたら、途中でマティアスに持ち上げられて横抱きにされる。

「ひゃっ！」

「しっかり摑まっていろ」

「マ、マティアス！　大丈夫だから下ろして！」

「ダメだ。エヴァリーナは血と魔力をたくさん使ったのだから」

「それはそうだけど、マティアスだって魔力を消費したじゃない」

「俺は騎士だから問題ない」

他の淫魔たちだって階段を登るのは大変そうなのに、エヴァリーナだけ特別扱いで申し訳なさすぎる……。

けれど彼女たちは、二人のやり取りをくすくす笑って「私たちは大丈夫だから、そのまま抱きかかえてもらいなさい」と言ってくれた。

恥ずかしくてマティアスの首にぎゅっと抱きつくと、上から月明かりが差し込んでくる。

――地上まで後少し。

天井の扉は開いている。

マティアスが膝を曲げて大きく飛ぶと、地上に出た。

夜会の前に見た満月はまだ夜空を照らしている。とても長い時間だったように感じたけれど、思ったよりも時間が経っていないようだ。

近くで待ち構えていた様子のバルドゥル騎士団長が二人の元へ駆け寄ってきた。

周りには女性の騎士たちも控えていて、淫魔たちを地下から引き上げて保護していく。

「マティアス！　エヴァリーナちゃん！　無事か⁉」

「バルドゥル騎士団長。まだ詳しい状況を聞けていないが、エヴァリーナはじめ、囚われていた女性たちも連れてきました。ニーファ補佐官は既に伸びていたので、厳重に捕縛して置いてあります」

「……分かった。こっちは国王陛下の指示で、夜会を中止させて王弟を確保した。ご苦労さん」

「騎士団長もお疲れ様です。俺は妻が心配なので屋敷へ帰っても？」

「ああ、そうだな。事情は落ち着いたら改めて聞いたほうがいいだろう」

エヴァリーナが喋る間も無く、バルドゥル騎士団長はまた別の場所へ走っていった。

呆気に取られていると、心配ごとが頭をすぎる。

「ねえ、マティアス。リカルダ様はご無事かしら」

「……あそこにいるのがそうじゃないか？」

少し離れていたところで、リカルダが大きく手を振っている。レオシヴェル侯爵家の護衛と一緒にいたようだ。

お互いに歩み寄ると、リカルダに思い切り抱きしめられた。

「エヴァリーナ様！　よかった、よかったご無事で……っ」

「リカルダ様も。ご無事で何よりでした」

ぽろぽろと涙をこぼすリカルダが心から案じてくれたことに気付き、胸が熱くなる。

一緒になって少し泣いた後、エヴァリーナはリカルダに語りかけた。

「またお会い出来ますか？　その時はまたゆっくりお話ししたいのですが」

「ええ、ええ！　必ずお会いしましょう」

マティアスが護衛にリカルダを丁重にリンドン伯爵家へ送るように指示して、二人になった。

「終わった、のよね」

「ああ。俺たちの屋敷へ帰ろう」

「うん」

額にキスが降ってきて、大きな手を差し伸べられる。

エヴァリーナは直ぐに手を重ねると、指を絡めてぎゅっと握りながら、馬車まで向かう。

直ぐ近くに停まっていた馬車に乗り込み、ふかふかの座席に腰をかけると直ぐに睡魔が襲ってきた。

肩を引き寄せられて、マティアスに寄りかかったら、直ぐに夢の世界へ落ちる。

寝入る直前、身体がじんわり温かくなったかと思えば、頭に誰かの声が響き渡った。

『エヴァリーナ、同胞を救ってくれてありがとう。お礼にあなたたちの願いを叶えてあげるわ』

その言葉が聞こえた途端、夢の世界へと――。

＊＊＊

たびたび見ていた、朝目覚めた時には忘れてしまう夢。

霧に包まれた静かな湖畔だけが見える、不思議な白い空間。

その桟橋前で、瑠璃色の髪を持つ小さな男の子が泣いていた。

——でも、今日はいつもと違うわ。

ずっと顔の部分がはっきり認識出来なかったけれど、今はモヤが晴れている。

長い睫毛に縁取られた少し切長な目。その瞳は見慣れた金色だった。

幼いながらも整った顔をしているこの少年の正体に、ようやく私は気が付く。

(あ。この子は、幼い頃のマティアスだったんだ)

また駆け寄って声をかけようとするけれど、やはり言葉が音にならない。

小さなマティアスにはやはりこちらが認識出来ていないようで、号泣している彼を見守る。

すると、一人の少女が現れて、小さなマティアスに声をかけた。

「どうしたの？　どこか痛い？」

「う、っぐ。だれ……？」

「わたしは、エヴァリーナ。あなたは？」

「おれは、マティアス」

(わ、私……！　この少女は、私だったんだ)

途端に失われた記憶が、一気に頭に流れてくる。

マティアスとの色鮮やかな思い出の数々に、涙が一粒、地面に流れた。

(私は、小さい頃にマティアスと会っていたんだ)


——淫魔は夢渡りをして、精気をもらえる相手と接触すると言われている。

幼い頃の私も、無自覚に淫魔の力を使って、夢渡りをしていた。

でも辿り着く夢は、何故かいつも悲しげなマティアスの夢の中だけだった。

霧がどんどん濃くなって、辺りが暗くなっていく。

そしてその霧に過去の記憶が映し出された。

私は地面にぽつんと座って、それを眺めてゆく。

今流れているのは、幼い日の私がマティアスと夢の中で会った時の記憶だ。

いつも湖畔で一人泣いているマティアスを慰めているばかりだったけれど、ついに何故そんなにも悲しいのか理由を聞き出していた。

「いつもそんなに泣いて、どうしたの？　何か嫌なことがあった？」

「うん。……おれ、平民として育ったのに。母さんが死んで、父親って名乗る人に、貴族のお屋敷に連れてかれて。そしたら父さんの女とその息子がおれをいびってくるんだ。使用人ですらバカにしてきて、父さんはおれに無関心で……」

「そんな、ひどい……」

「おれ、母さんが生きていた昔に戻りたい。……でもそうしたら、エヴァリーナとは逢えなかったかもしれないな……」

「マティアスっ！」

　小さな私が、幼いマティアスをぎゅううっと力いっぱい抱きしめた。

　そして小さな私はぼろぼろと泣き始める。

「どうした⁉　なんでエヴァリーナが泣いているんだよ……‼」

「わたしがマティアスを幸せにしてあげる！　つらい現実なんて忘れて、この夢の世界でいっぱい遊ぼう？」

　小さな私の涙の粒が地面に落ちるたびに、光の波紋が広がって、植物が芽吹く。

　どんどん茎が伸びて、ふくらんだ蕾《つぼみ》がぱっと開いて、花々が咲いていった。

「わあ！　エヴァリーナすごい！」

「ふふ。こっち、こっち！」

　白い世界だった湖畔が、一面花畑に変わると、小さい私がマティアスを引っ張って走る。

　そこで初めて幼いマティアスの顔が綻んだ。

　その笑顔に見惚れた小さな私は一瞬で恋に落ちた。

——記憶が暗転して、また違う記憶が霧に映し出される。

辺り一面かすみ草いっぱいの花畑で、彼らは笑い声をあげながら、花を摘み遊んでいた。

「ねえ、建国物語って知ってる？」

「うん、知ってるよ。聖剣伝説のでしょ」

「それもそうだけど、わたしが好きなのは建国物語の中でも〝運命の恋〟のお話なの」

「ああ、あの女の子が好きなやつね」

幼いマティアスが摘み取った花を、小さな私の耳に挿す。

小さい私は顔を耳まで真っ赤にして照れながらも喜んで笑っていた。

きっとそれで想いが溢れたのだろう。子供らしいストレートな言葉で告げる。

「わたし、マティアスが好き。大好きなの」

「……っ！　おれもエヴァリーナのことが好きだ」

「本当に⁉　うれしい。それならわたし、いつかマティアスと結婚する！　その時は、かすみ草の花冠をちょうだい」

「いいよ。必ずエヴァリーナを見つけるから」

「ありがとう！　ねえ、わたしの旦那様になるのだから、リーナって呼んで」

「うん。おれのことは、マティーと」

それから、夢の中で幸せな時間を過ごす。

幼いマティアスと、花冠作る練習をしながら、毎晩互いのことを話して笑い合う。

けれども、この幸せな日々に終わりが近づいていた。

――記憶の場面がまた変わる。

平民街の私が昔から住んでいたアパートメントの一室。

母が、小さい私の髪をとかしていた櫛《くし》を落とした。

「エヴァリーナ、今なんて言った？」

「夢の中で会うマティアスと現実でも逢いたいの。どうすれば逢えるかしら？」

「いつから夢を見ていたの」

「一年くらい前からよ。結婚の約束もしてるの」

「……っ！　なんてこと」

突然険しくなる母の顔に、泣きそうになる小さな私。何かいけないことをしたのかと、しょんぼりと肩を落とす。

「エヴァリーナ。いい？　夢を渡るのは、私たち淫魔の特徴なの。淫魔が人族に見つかったら攫われちゃう話をしたわよね」

「うん。確かにマティーは人族だけど、わたしが淫魔のハーフなんだって言っていないし、きっと内緒にしてくれるよ」

「その子は信頼出来る子なのね。何歳なの？」

「九歳！　わたしのふたつお兄さんよ！」

母は辛そうな表情で、小さい私と目線を合わせて残酷な言葉を突きつける。

「そう。でも心苦しいけど、その子とはお別れしてほしいの」

「なんで⁉　そんなの嫌だよ‼」

「淫魔の力が本格的に芽生えたら、男の人を食べて生きていかなくちゃいけないのよ。それに人族として生活したほうが安全なことは分かるでしょう？　だから、エヴァリーナの淫魔の力が芽生えないように、その子の記憶と一緒に封印するの」

「え？　でも……。マティーに逢えなくなるのはイヤ」

小さい私はその後泣きじゃくって自分の部屋に閉じこもった。

最後に見えたのは母の困った顔で、胸が苦しくなる。

霧に映し出された母との記憶が暗転した。


――また夢の世界の花畑へと場所が変わる。

花びらが舞い散る木の下で、二人は並んで座っていた。

小さな私は落ち込んだ様子で、ぽつりぽつりと呟いていく。

「マティー。わたしね、ここにはもう来られないかもしれない」

「え？」

「それにね、わたし。マティーのことも忘れちゃうかもしれないの」

「な、なんでだよッ！」

幼いマティアスは取り乱して、小さな私へ縋りつくように腕を両手でつかんだ。

でも小さな私は、マティアスを見たら泣いてしまいそうで、下を見ながら口を開いた。

「お母様に言われたの。夢渡りの力を封印しないと、悪い人に攫われちゃうんだって」

「それ、本当か？」

「うん、そうみたい。だからね、もし攫われちゃったら、マティーと結婚出来なくなっちゃう」

「そんな……」

「わたしね、絶対にマティーと結婚したいから、夢のことは誰にも内緒だよ」

幼いマティアスは絶望して膝を落とす。

初めて夢の世界で会った時のように、否、それよりも泣きそうな顔をしている。

「おれ、リーナがいないとひとりぼっちなのに」

「じゃあ。わたしのことを、現実で探して」

「え？」

「だけど、もし現実でわたしを見つけても、好きって言っちゃダメよ」

「どうして？　こんなにもリーナのことを好きなのに」

「だってマティアスを忘れたわたしに愛を伝えるなんて、自分で自分にヤキモチ妬いちゃうもの」

うるうると目に涙を溜める幼いマティアスを、小さな私が抱きしめた。

幼いマティアスが瞬きをすると、とうとう涙の雫《しずく》が流れる。

「おれのことを忘れても、リーナはリーナなのに」

「だってマティーに好きになってもらうためにがんばったのに、なんの努力もしていないわたしがあなたの愛をもらうだなんてずるいわ」

「理解出来ないよ」

「これが乙女心なの！　もしわたしに好きって言いたいのなら、わたしが夢のことを思い出してからにしてね」

「……分かったよ」

涙声で渋々頷いてくれた幼いマティアスを見て、小さな私が大人びた笑みを浮かべた。

その後は、彼の前に小指を差し出した。

「ほら、約束だよ？」

「うん。約束だ」

小指と小指が絡んで、約束が交わされる。

小さな私が背伸びをして、マティアスのほっぺにキスをした瞬間、彼の身体がぱあっと光る。

「り、リーナ!!」

「ふふっ。今ね、マティーに何があっても、女神様が守ってくれますようにって、おまじないをかけたの」

昔から母がやってくれたおまじない。キスをして相手に魔力を注いで光らせる。

今思えば、保護魔法も兼ね備えていたのかもしれない。

「また会えるよなッ⁉」

「もちろん！　わたしたちは、運命の赤い糸で繋がってるから」

「リーナ。逢いに行くから。絶対だぞ！」

「ありがとう。さようなら、マティー。またね」

この日を最後に小さな私と、幼いマティアスは夢の世界で逢うことはなくなった。

記憶を見ている大人の私も切なくなって、涙が頬を伝う。

(マティアス、私のこと本当に探して、見つけてくれたんだ)


——再び映し出される記憶が変わり、また平民街のアパートメントの場面となる。

「エヴァリーナ、準備はいい？」

「……うん」

小さな私と母は両手を繋いで、おでことおでこを合わせる。

私の淫魔の力を封印するため、母が汗の粒を流しながら、集中して必死に魔法をかけていく。しばらくして、ぱあっと二人の身体が光ると、小さい私は疲れたのか、くったりと寝てしまった。

小さな私を抱きかかえた母は、柔らかいほっぺにキスを落として囁いた。

「運命の人と出逢えるようにリーナに祝福を授けたわ。あなたの好きな彼が運命の人ならば、きっとまた逢えるはずよ」

その言葉を最後に、霧に映し出された記憶の映像が終わった。

白い世界で一人膝を抱えながら、取り戻した記憶に浸る。

（お母様が、私とマティアスを導いてくれたのね……）

夜空の星になってもなお、私を見守ってくれている。

そんな気がして上を向く。

マティアスが何故〝愛の言葉〟を口にしないか理由が分かった。

――律儀に小さな私との約束を守ってくれていたんだ。

その事実に、胸が熱くなって、また泣いてしまう。

（早く起きなきゃ。夢から覚めたら真っ先に思い出したとマティアスに伝えたい）

霧に包まれていた空間に一筋の光が天から差し込む。

私の意識はその光に包まれていった。

第七章　私の運命の人

　夢から戻ってきて、ぱちりと目を覚ます。

　事件の後、帰りの馬車で眠ってしまったけれど、既にレオシヴェル侯爵邸に戻っていて寝室のベッドに居た。

　部屋は薄暗くて、時間感覚が狂う。今まで起きたこと全てが、まるで夢だったかのような気さえする。

　まだ少し眠気が残っていて伸びをしようとすると、右手の親指には仰々しく包帯が巻いてあり、反対の手はゴツゴツした大きな手に握られているのに気がついた。

　そこでベッドに座っていた大好きな彼の金色の瞳と目が合う。

「っエヴァリーナ！」

「おはよう、マティアス。ごめんね、結構寝ちゃってた……？」

「いや。まだそんなに寝ていない。夜更に屋敷へ着いて、ジョゼットがエヴァリーナの寝支度をしてくれたところだ」

「あっ。本当だわ」

夜会で着ていた瑠璃色の煌びやかなドレスから、いつものネグリジェへと着替えていた。

身体も清めてくれていたようでスッキリしている。

マティアスは湯浴みをしたのかバスローブ姿だった。

「具合はどうだ？」

「ん。マティアスが助けてくれたから、大丈夫よ」

「身内の裏切りに気付かず、愚かにも誘拐を許してしまったのに。それでも、助けてくれたと言うのか」

「当たり前でしょう。あなたが来てくれなかったら、囚われていた淫魔たちを救いきれなかったもの」

「…………ありがとう」

マティアスは泣きそうな顔をしながらエヴァリーナの頬を撫でた。その表情は、思い出したばかりの幼い彼の泣き顔と面影が残っていて、少し顔がほころぶ。

「それはこっちの台詞よ。本当にありがとう。……ふふ。泣き虫なのは変わらないわね」

「――……っ!?」

マティアスは、大きく目を見開いた。

信じたいが、信じられないような。そんな顔。

「エヴァリーナ、もしかして…………」

「うん。思い出したわ。遅くなってごめんね、マティー」

した。


「っリーナ‼」

横から思い切り抱きしめられた。

マティアスは感極まったようで、声を詰まらせている。

僅かに震えているマティアスの腕を、そっとさすった。

「小さな私との約束を、守ってくれてありがとう」

気持ちを伝えないなんて無茶な約束を守るのは、大変なことだっただろう。本当に申し訳ないなと思いつつも、小さい頃のエヴァリーナが心の中で喜んでいる気がした。

「……リーナ、エヴァリーナ。心の底から、果てしなく好きだ」

「っ！」

「愛している。初めて出会った時からずっと、これからも一生変わらないだろう」

マティアスの目が潤んでいる。瞬きをすると、溜まった涙が一筋流れた。

ずっとずっと待ち望んでいた言葉が、耳に伝わった瞬間、目頭が熱くなって心が震えた。

「——嬉しい。私も、大好き。愛してるわ」

「知ってる。でも俺のほうがずっと好きだ」

エヴァリーナも涙が込み上げてきて、鼻の奥がツンとする。

変な張り合いになってしまったけれど、額をこつんと合せて、二人仲良く泣き笑いをした。

「ごめん。リーナのと約束を守るために好きと伝えられなかったし、契約結婚を提案するしか、一緒になる術が見つからなかった」

「ううん。私の酷いわがままで、たくさん苦労をかけてしまって、ごめんなさい」

「構わない。これから思う存分、気持ちを伝えるからな」

甘く蕩けている金色の瞳に囚われた瞬間、顔中いっぱいキスの雨が降ってくる。目尻、額、右頬、左頬、鼻の先っぽまで、マティアスの想いの強さを感じて幸せな気持ちになる。

しかし、急に口付けが止む。

「……マティアス？」

「ふふっ」

「いや。今直ぐ抱きたいけど、エヴァリーナが疲れているだろうから自制してた」

眉を下げてしょんぼりとした顔をしているマティアスが愛おしくて、また笑いが零れる。

それでようやく涙が止まって、今度はエヴァリーナから強く抱きしめた。

「お願い。私を抱いて？　あなたをもっと感じたいの」

「っそんなことを言われたら、止められなくなる」

しかし熱が灯ったマティアスの喉が鳴った時、エヴァリーナは大事なことを思い出して慌てた。

――王弟の息子が語った〝淫魔の力〟のことを。

「あ、ちょっと待って。そうだ、淫魔の力……」

「おい。この後に及んで、生殺しにするつもりか?」

「ごめんなさい!　マティアス、あのね。淫魔が愛した人間と行為をすると魔力量が増えて、寿命が伸びてしまうかもしれないの」

「っ、それは本当か……?」

「人に聞いた話だから正確かは分からない。あなたに抱かれたいけど、相談してからのほうがいいと思って……」

彼の真剣な眼差しでこちらを見てくれているのに、その視線に触れるのが少し怖い。

せっかく記憶を取り戻して好きと言ってもらえたけれど、淫魔の力を拒絶されたらと思うと急に不安になる。

「安心してくれ。俺はリーナの全てを受け入れる覚悟は出来ている。それに寿命が伸びるということは、その分リーナと長く一緒にいられるということだろう?」

「――……っ!　ええ、そうね……。ありがとう、マティアス」

温かくて大きな手が、エヴァリーナの髪の毛を優しく撫でる。

安堵と共に、ますます好きという気持ちが溢れていく。

「他に心配事はないか?」

「うん。この幸せに浸らせて」

「ああ、俺も。……もう止めないからな」

「ええ。マティアス、大好きよ」

彼の首に抱きついて、今度はエヴァリーナから触れるだけのキスをする。

――これからの幸せな時間を、強く期待しながら。

＊　＊　＊

直ぐにベッドへ優しく押し倒されて、深く深く口付けを交わす。エヴァリーナの瞳はピンク色へ染まり、もっと欲しくてマティアスの頬に手を添えて舌を絡めた。

寝室が淫らな水音と、二人の吐息に包まれる。

早く直接体温に触れたくて、キスしながら彼のバスローブの腰紐を解く。

それに気がついたマティアスがくすりと笑って、バスローブを脱ぎ捨てた。

唇が離れて、二人の間に銀糸が伝う。今度は彼の大きな手が、エヴァリーナの足をなぞりながら、ネグリシェの裾を捲っていく。

直接触れられる感覚に、早くも腹の奥がきゅうんと蠢いた。

「相変わらず、肌が綺麗で気持ちいい」

「んんっ」

ネグリジェを腹まで捲られると、内腿を執拗に撫でられる。秘所に近いのもあって、もどかしい。くびれを伝って捲っていけば、胸がぽろんとあらわになった。

「もうここが、そそり勃っている」

「っ！」

欲情した金色の瞳にじっとりと見つめられたら、胸の先端がどんどん尖ってしまう。

恥ずかしくて、でももっと見てほしくて、身体をぴくりと揺らした。

「この綺麗な鎖骨も、柔らかくて大きな胸も、先端のピンク色の部分も可愛くて好きだ」

「ひゃ、ぁ」

言葉に合わせて彼の人差し指が、鎖骨、大きな胸、そして先端の周りをくるりとなぞった。

焦ったい気持ちで首のところまで捲られたネグリジェを脱ぐと、素肌同士で抱き合う。この体温を分け合う心地よさが堪らなく好きだ。これだけで、まるで一つになれたような気がするから。

「あぁっ、マティアス」

エヴァリーナの背中に回っていたマティアスの大きな手が、ふいに動いてくびれに添えられ、ゆっくり上に進んでいく。

辿り着いた膨らみの柔らかさを確かめるように優しく揉みしだいだ。

時折胸の先端を掠めるたびに、ぴくんと身体が揺れて甘い声が漏れる。

早くもっと触れてほしい。

「ね、焦らさないで……っ」

「触ってほしい？」

「やっ。言わせないで」

「言ってくれないと分からないな」

「……っ⁉」

急に不敵な表情で、意地悪を言ってくるものだから、彼を睨む。

しばらくそのまま見つめあったけれど、ますます胸の先端が疼いてくるのが分かり、とうとう根を上げた。

「……っ、そこ、舐めて」

「どこ？」

「ううっ。……ここで、尖ってる、先っぽ！」

マティアスの大きな手を摑んで、胸の先端にあてがいながら、軽く叫ぶ。

すると、やっと彼が笑って、熱の篭《こも》った視線がそこへ注がれる。

「っふ。分かった。リーナの仰せのままに」

彼の口が大きく開いたかと思えば、見せつけるようにゆっくり先端を口に含む。

その瞬間、強く望んでいた甘い痺れが、びりりとまるで雷が走ったかのように襲いかかる。

「んああっ‼」

舌で転がされるようになぶられて、更にちゅくちゅく吸い上げると、それだけで達してしまいそうな快感に背中が浮いた。

もっとしてほしいと言っているように胸を押し当てることになり、恥ずかしさが増す。反対の手でもう片方の胸の先端も可愛がられて、気持ちよすぎる刺激に視界がちかちかしてくる。

「ひゃあ！　っまって！　ぁ、おかしくなっちゃ……ッ」

「待たない。……俺に溺れてくれ」

その瞬間、両胸の膨らみを中央に思い切り寄せて、あろうことか両方の先端を同時に舐められ、全身が粟立《あわだ》つ。

両方を口に含み、じゅるりと音を立てて吸われた瞬間、胸の両先端が熱くなり、頭が真っ白になり絶頂した。

「〜〜〜〜っ!!」

ビクビクと身体が仰け反って大きく揺れて、蜜口から蜜がお尻のほうまで零れていく。

高まりが弾けた衝撃で呼吸が乱れる。胸だけで達することになるなんて思わなくて、茫然《ぼうぜん》とした。

「まさか、胸だけで達したのか」

マティアスも驚いて目を丸くした。

しかし直ぐに蕩けるような表情に変わって、エヴァリーナの頬を片手で包んだ。

「俺で気持ちよくなってくれて嬉しい。この白金に輝く髪の毛も、垂れ目がちな目の形も、瞳の色が変わるところも、全部好きだ」

「うう。マティアス、そんなに、恥ずかしい……っ」

「悪いが止められない。やっと愛を囁けるのだから」

愛の言葉を紡げるようになったマティアスの破壊力はすごい。過去の自分のせいで、彼に愛を囁かれ慣れていないから、いちいち照れて顔が熱くなる。

そのエヴァリーナの反応に、彼が物凄く喜んでいるのがもっと恥ずかしい。

「この唇も柔らかくてそそられる。エヴァリーナのいい匂いも好きだ。何よりいつも頑張っていて、健気で優しいエヴァリーナの性格が愛おしくて堪らない。俺を救ってくれた光のような存在だ」

「っ」

「そなたの全てを愛している。嫌と言われても、一生離してやらない」

唇を親指で何度もさすられ耳元にキスを落とし、吐息混じりに囁かれる。

嬉しくて幸せで、でもやっぱり恥ずかしくて。彼の蕩ける眼差しに、途方もなく愛おしくなり瞳が潤む。

（ああ。マティアスが甘すぎて、心臓が保たない）

記憶を思い出す前まではあんなに「好き」と言われたかったのに。

愛の言葉を過剰に摂取すると、こんなにも幸せすぎて死んじゃいそうになるなんて思わなかった。

「エヴァリーナ、足を開いて」

「⁉」

いつもはマティアスが足を開いてくれていた。自ら秘所を晒すなんて羞恥心に悶《もだ》えてしまうだろう。

けれどこれからの行為を想像して、蜜口をひくつかせながら、彼の言葉に従ってしまう自分がいた。

「偉いな。今日は一段と濡れて、物欲しそうだ」

「ぁ、そんなに、見ないで……っ」

シーツまで濡らしてしまっている秘所が、彼の金色の瞳に映ってしまう。

——見られていると余計にお腹の奥が疼いて、またとろりと蜜が滴る。

「どうしてほしいんだ？」

「……挿れて、マティアスが欲しいっ」

「いい子だ。でもまだやらない」

「っ⁉」

せっかくおねだりしたのに、まだ挿れてくれないなんて酷いと、目の縁にじわじわ涙の粒が作られる。

彼は不敵に笑い、人差し指と中指に蜜を絡めてから蜜壺に沈めていった。

「ひゃ、あぁっ」

マティアスの綺麗で長い指が中に入った瞬間、ぽろりと涙の粒が零れる。上壁の気持ちいいところを指を曲げて的確に擦られると、身体が揺れて快感に息が上がっていく。

そして顔が近づき高い鼻が秘部に触れたと思えば、あろうことか指を中に入れたまま、ぷっくり膨らんだ花芯をぺろりと舐められて小さく叫んだ。

ちゅくちゅくと舐めながら吸われて、中も指で愛撫されて、あっという間に絶頂感に襲われる。

「マティ、あぁ……っ⁉　まっ、ひゃあ‼」

ラストスパートとばかりに、マティアスの攻撃は激しくなった。

淫らな水音を鳴らしながら舐め吸われる。長い指を蜜壺の中に執拗に出し入れしながら、空いている左手で胸の先端をきゅうっとつままれる。

その瞬間、視界が白く光った。

「っあぁ！　だめ、だめ……っ！　……イッちゃ……っ⁉」

頂点まで昇り詰めて、深く深く堕ちていく。中をぎゅうっと締めつけて、腰が浮いてシーツを摑んで耐える。

その瞬間、ふしゃあと何かが出た水音がして、何事かと下を見ると彼の顔が濡れていた。

「ま、マティアス⁉　わ、わ、私、もしかして気持ちよすぎて、漏らして⁉」

「ははっ！　大丈夫。そなたは、漏らしてなんかいない。感じすぎると潮を吹くというが、本当なのだな」

「潮……⁉」

透明の液をぺろりと舐めるマティアスは色っぽくて、一気に顔が熱くなる。

立て続けに深く達しているのにやっぱり彼が欲しい。

彼の昂りにそっと触れれば、先走りで濡れていた。そのまま金色の瞳にねだれば、少し苦しそうに笑った。

「エヴァリーナの達した顔が好きで、つい夢中になってしまった」

「もう……。そんな恥ずかしいこと、言わないで」

彼の意地悪な顔は姿を消して、今はギラギラした余裕のない表情へと変わっていた。

それでも頬に優しく口付けをしてくれて嬉しくなる。

「狂おしいほどに愛してる」

「ん。わたしも」

濡れそぼった蜜口に熱棒があてがわれると、ゆっくりと指の届かなかった奥の奥まで潜り込んでいく。ずっと待ち望んでいたものが食べられて、中が勝手にうねってしまう。

「あぁあ……っ！」

「っく。いつもより柔らかく絡みついてくる」

手を繋がれたかと思えば、そのまま抽挿が始まる。手を引っ張られて、最奥まで激しく突かれる感覚に嬌声が溢れた。

片膝を肩にかつがれて、手を繋ぎ直して再度腰を打ちつけられる。当たる角度が変わって、そのたび快感の渦に呑まれていく。

「あ、あっ！　マティ、大好き」

「っ俺も好き、愛してる。リーナ」

「んあ、あ……っ」

（こんなにも幸せなことがあるんだ）

ずっとずっと望んでいた言葉。

いつか自分の『好き』に『俺も好き』と返してもらえたらと思っていた。

夢が叶ったと気付いたら、元より赤かった顔がもっと熱が灯る。

「っふ。照れて、可愛い」

「ひゃ、んぁ！」

今までだって愛情は肌で感じ取っていたけれど、行為中にもらえる言葉に心動かされる。

うわごとのように、繰り返し愛を伝えてくれるたびに、喜びで満ちていく。

「っく。締まる、そろそろ……」

「あ、ぁ！　マティー、ちょうだい……！　あぁっ！」

「愛してる。好きだ、リーナ、リーナ……ッ！」

愛の言葉と自分の名前を聞きながら、奥が甘く痺れて、再びの絶頂感でいっぱいになる。

彼の顔が快感に歪むと、中の熱棒から美味しい精気を含んだ熱液が噴出する。

「ひゃあ……！　私も、イっちゃ……ッ」

その瞬間、全身が快感の大波に襲われて、慌ててマティアスの首へしがみつく。

乱れる呼吸に、彼の低い呻めき声。瞼を閉じて快感に酔いしれる。

マティアスから深く口付けされ、多幸感でいっぱいで少し苦しいほどだ。

彼が一回で満足することはもちろんなく、吐精した直後なのにキスを繰り返していると蜜壺の中で瞬く間に硬さが増していった。

「んぁっ！　まってぇ……」

「すまない。リーナが愛おしすぎて、日が昇ってもずっと繋がっていたい」

「っ⁉　んあっ、あぁぁ」

マティアスは器用に身体を繋げたまま、エヴァリーナの身体を持ち上げて自らの膝の上に乗っける。

向かい合って彼に跨る体勢になると、自然と唇が重なる。

下から腰を打ち付けられると、降りてきた子宮口にぐりゅっと当たる感覚がして甲高い嬌声が上がる。

彼の頭をかき抱いて、更なる高みへ登るために、エヴァリーナも腰を上下に動かす。

散々達しているのに、また瞼の裏が白く光っていく。

「ッ好き、好き。マティー」

「ああ。リーナ、愛してる。——俺の、運命の人」

好きと言えば、同じ気持ちが返ってくる。

そのたびに心も身体が満たされて、その後も無我夢中でずっとずっと力尽きるまで愛し

あった。

幕間　記憶

幼い頃、大好きだった母親が亡くなった。

平民街の小さい家にレオシヴェル侯爵家の使いが来て、貴族街に連れて行かれた。自分はただの平民の子供だと思っていたのに、俺は侯爵が手を出した妾の息子だったのだ。

レオシヴェル侯爵家に入ってからは、本邸には入れてもらえず、ろくに手入れもされていない離れに閉じ込められた。

正妻からは当たり前のように疎まれていて、正妻の子である義兄からも罵倒される羽目になる。

離れにいれば、奴らとは関わりなく暮らしていけると思っていた。

しかし義兄はわざわざ離れにまで来て酷い暴力を振るい、嫌がらせのように離れを踏み荒らしていった。

義母の手下である使用人からも蔑まれ、父親も世間体を気にして引き取っただけなのでこちらには目もくれない。

母親が死んだ悲しみもあり、毎日泣いていた。そして嫌がらせに出されたカビの生えたパンを食って腹を壊し、しかし生きるためにまたそれを食った。

――そんな俺の人生がどん底だった時に、エヴァリーナと出逢った。

夢に現れる彼女のことを自分で作り出した天使のような存在だと思っていた。

絹のような美しい白金髪、薄紫の瞳はキラキラ光っていて奴らが身につけている宝石よりも煌びやかだ。

何より情けない俺を笑顔で受け入れてくれるところに救われて一瞬で初恋に堕ちた。

自ら作りあげた幻想世界の人間に恋をするなんて馬鹿げていると、自分自身を嘲笑いながらも彼女の存在に縋って恋焦がれる日々が何年も続いた。

夢に現れなくなっても、ずっと彼女が心の支えになってくれていた。

しかし実際に存在すると気付いたのは、エヴァリーナが夢から消えてから数年が経った時だった。

ある程度成長すると、どんどん義兄の素行が悪くなり、それに反比例して俺の扱いがよくなっていった。

当時従者だったセバスが味方についた頃だったろうか。父親からの指示で離れの設備が整い、後継者の一人として騎士学校へ入学させられた。後から知ったことだが、どうやら実の母親は没落した貴族の生まれだったらしい。

だから、怪しい薬に溺れて女を痛ぶる非道な遊びをする義兄が侯爵になるよりも、妾の子とはいえ一応貴族の血を受け継いでいる俺のほうがまだマシだと思ったのだろう。

俺が次期侯爵だと周りから持て囃《はや》されていたある日。

非行を繰り返した義兄が後継者としての資格を剝奪されたらしいと、急に態度を変えた使用人の口から聞いた。

本館に移るよう父親から言われて今さらと腹が立ったが、セバスに説得されて不承不承移ることにした。

用意されていた部屋はかなり広く豪奢な作りで、散々離れに放置していたのに何とも都合がいいと、父親の掌返しに冷笑する。

なんだか馬鹿にされているようでまた苛立ち、早々に柔らかい清潔なベッドで眠りについた。

――その日の夜、寝込みを襲われた。

何者かの気配にハッと目を開けると、短剣を持った義兄が俺の腹を狙っていた。

奴が奇声を上げながら短剣を大きく振り翳《かざ》し、俺の人生はもう終わったと覚悟したその時、温かい魔力の風を感じ、目も開けられないほどの眩い光で辺りが満たされた。

短剣による攻撃は弾かれ、どこも痛くはない。

何故か漠然とエヴァリーナと思った。

ふと、エヴァリーナと最後に夢で会った時の思い出が頭をよぎる。

『ふふっ。今ね、マティーに何があっても、女神様が守ってくれますようにっておまじないをかけたの』

エヴァリーナが別れ際に頬へキスしてくれて身体が光ったのは、きっと保護魔法だったのだろう。

ということは、彼女は実在する……？

その気付きに胸が熱くなり、全身が奮い立った。

（彼女と会える可能性があるのなら、ここで死ぬわけにはいかない）

今もなお、視線が合わない義兄が唾を飛ばしながら言葉にならない言葉を叫んでいる。

きっと手応えはあったのに傷を負わせられなくて腹が立っているのだろう。ここにくるまで相当量の薬を飲んだようだ。

もう一度こちらに向かってくる義兄に、俺は立ち向かった。

ベッドから飛び降りて、短剣を持っている奴の手首を捕まえて背負い投げる。

落ちた短剣を遠くに蹴り飛ばし、地面に転がった義兄の胸ぐらを摑んで思い切り顔を殴った。奴の頬の肉が大きく波打ち、再び床に倒れる。

しかし奴が俺の剣を見つけた瞬間、状況は一変する。

義兄はニタァと下衆な笑みを浮かべながら、一瞬正気に戻ったように言葉を放った。

「俺がお前に殺されれば、お前は人殺しの罪で牢獄に入れられ、侯爵にはなれない」

「お、おいッ」

まさかと思って止めようとしたが、何もかも遅かった。

あろうことか高笑いをしながら俺の剣を自らの腹に刺して、痛がりもせず窓から飛び降りたのだ。

その後、義兄は息を引き取った。

散々酷く虐げられていたから、奴が死んでざまあみろと思う気持ちもある。

しかし俺の存在が奴を殺したのだと考えると罪の意識に苛まれた。

そもそも俺が居なければ、こんなにも奴が早死にすることもなかったかもしれない。俺が生まれなければ、父親が母親に手をつけなかったら――……。

しばらくして裁判の結果が出た。

義兄は薬を常習していた上に、娼婦を呼んでは暴行を加えていた。俺が殴ったのは正当防衛で、奴は自殺と認められた。

しかし対抗している王弟派の貴族の扇動なのか、はたまた義母の仕業か。世間では、俺が侯爵になるため奴を殺したと、広く伝わっていた。

もちろん裁判結果は世に知らされたが、人々は過激な話題のほうが盛り上がる。

父親は騒ぎの責任を取って王都から離れ、爵位は俺に譲られた。

こうして俺は、血塗れの侯爵と呼ばれることになった。

別れ際に父親が放ったのは「すまなかった」という短い言葉だけで、腹が立った。

俺は侯爵の座なんて要らなかったし、騎士として身を立てようと思っていたのに。

セバスにしっかりしろと尻を叩かれなかったら、今もそのまま落ちぶれていたかもしれない。

セバス以外の俺を虐げていた使用人を全員解雇し、信頼出来る者をゆっくり集めていった。

侯爵当主として領民に負担を強いることは出来なかったし、何よりエヴァリーナを囲い込むには地位も財産もがあったほうがたくさん甘やかしてやれる。

騎士団と侯爵の仕事の両立は大変だったが、騎士学校時代から世話になっていたバルドゥルや仲間たちの助けもあってなんとか日々を過ごしていた。

エヴァリーナを見つけたのは偶然だった。

生活も安定してきて、エヴァリーナを探し始めていたある日。昔母親と食べていた懐かしい食事をまた食べたくて、平民街でたまたま入った食堂。

そこに美しい白金髪を括ってエプロンをつけた彼女がいた。

——運命なんだと思った。

女性らしく成長した姿に見惚れる。

おっとりして見えたタレ目は色っぽい印象だし、よく笑っていた口元はぷっくりした唇になって蠱惑的《こわくてき》だ。

(夢に出てきたエヴァリーナが実際にいる)

あれは自分の妄想なんかではない。単なる夢でもなかった。

本当にあったことなのだと歓喜に震えて、彼女の名前を呼ぼうとした時、薄紫の瞳と目があって胸が高鳴る。

「っリ……」

「いらっしゃいませ。こちらの席にどうぞ」

俺の顔を見ても、何も反応がない。

高まっていた期待が、一気に底冷えた。

「お客様こちらの食堂は初めてですか？　当店の看板メニューは、具沢山ミートスパゲッティですよ！」

「あ、ああ。それをもらおう」

「かしこまりました！　しばらくお待ちくださいね」

俺との記憶がなくなるかもしれないと言ったきり夢に現れなくなったが、やはり……。

夢見の力と言っていたが、相当な魔法の使い手なのか、それとも人族ではない別種族か。

彼女のことを考えながら、辺りを見渡すと食堂の客には美しいエヴァリーナ目的の虫けら野郎が多く、危機感を覚えた。

それから時間を作っては食堂へ通って、ストーカー紛いの客を蹴散らす日々が続いた。

何故そんなことが出来たのかと言うと、人攫いが増えているからと自分に言いわけし彼女が家まで問題なく帰れているか陰から見守っていたからだ。それも彼女に黙ってさりげなく〝対象の相手の危険を知らせる魔法〟をかけた上で。

自分だってストーカー紛いなことをしているのを棚に置いて、エヴァリーナを密かに守り続けていた。

そんなある日、身体に危険信号が流れた。それはエヴァリーナにかけた魔法が作動したと言うこと。

(リーナが危ないッ)

直ぐに騎士団から飛んでいってエヴァリーナの魔力を追い、辿り着いた先は倉庫のような場所だった。

重い扉を開けると、エヴァリーナが大きい胸を強調するよう拘束されていて、一気に頭に血が登った。

エヴァリーナを攫った人間を全員倒して、急いで彼女の元へ歩み寄る。縛られた縄を剣で切り落とすと彼女から立ち上がる芳しい薔薇のような香りが鼻腔を擽る。

自由になったエヴァリーナは、上目遣いで柔らかそうな唇を開いた。

「騎士様、お願いします。どうか、私に助けてくれたお礼をさせてくださいませんか」

『え？　待っ……』

唇を重ねられると一気に激しい炎が身体中に燃え広がる。少し濡れた唇は甘美で、このままでは彼女を犯してしまいそうだと離れようとすると首に腕を回され、まるで食べられているような濃厚な口付けを交わした。

キスはどんどん深くなっていき、押し倒されて彼女が馬乗りになる。もしや記憶を取り戻したのだろうかと、淡い期待をしていると、彼女の瞳が薄紫色からピンク色に変貌した。

――ピンクの瞳は淫魔の印。

なるほど、淫魔だったから夢見の力があったのかと納得すると、薔薇の香りが強くなってどんどん彼女に魅入られてゆく。これは魔法だと直感し、エヴァリーナの目を覆った。

『ちょっと待て、魅了するな』

『え？』

どうやら無意識に魅了魔法をかけてしまっていたようだ。途端に彼女の瞳がぼんやりとしていく。

俺は己の昂りを必死に抑えながら、ぽつりと呟いた。

『そなたは、淫魔だったのか』

『……ハーフです。ねえ、騎士様を食べたいの』

蕩けるような甘い声にごくりと喉が鳴る。

しかし彼女はぐらぐらと揺れ、意識を失ったところを抱き止めた。

恐らく魅了をしようとして、魔力を大量に消費してしまったのだろう。

（生殺しか……）

既にズボンが窮屈で痛いくらいだったが、彼女を安全に家へ送らねばと決意する。

閃光《せんこう》を打ち上げて騎士団の応援を呼び、倒した奴らを引き渡したら直ぐに彼女の家に向かった。

彼女の懐から鍵を探してベッドに寝かした後。このままでは襲ってしまいかねないと直ぐ帰ろうとしたのだが、タイミングがいいのか悪いのか目覚めた彼女が、淫魔として空腹を訴えてきて我慢出来ず押し倒した。

――初めてをもらえて、初めてを捧げて、幸せな夜だった。

彼女は食堂に通う俺のことを覚えてくれていたが、昔の夢のことはやはり記憶にないようだ。

何故家を知っているのか問われた時は焦って、身分証を見たと適当に誤魔化した。

あの時に淫魔として覚醒したのだと言われて驚いたものの、母親に記憶を封印されたのは本当だったのだなと思った。

それからエヴァリーナの美味いご馳走をもらって、彼女に食べられる幸せな日々が続いた。

俺に助けられたからと異様に懐いてくれていることが嬉しくも複雑だ。

もしも俺が彼女を見つけられておらず、仮に俺以外の男が助けていたら、同じように家に招いたのかもしれないと思うとゾッとして危機感を覚える。

俺のことを思い出してもいないのに行為中に好きだと初めて言われた時は天へ登る気持ちになった。

しかし同時に、違う奴に助けられていたらそいつにも言っていたのだろうかと、起きてもないことを考えては絶望して、次第に彼女の言葉を信じられなくなった。

とにかく早く彼女を手に入れて安心したいが、幼いエヴァリーナとの約束もあり、好きとは伝えられない。

何かいい方法はないかと考えた時、契約結婚をすればいいのだと思い至った。

俺は直ぐにエヴァリーナと結婚するため準備を始めた。

まずエヴァリーナのことを念入りに調べていると、それに勘づいたリンドン伯爵から接触してきた。

食堂にも現れていて何度も遭遇しているから、彼女に惚れているのかと警戒すれば、実の父親だったらしい。

リンドン伯爵にエヴァリーナと早く結婚して、人攫いから守りたいという話をした。

何度も協議を重ね、彼女が俺との結婚を承諾するなら貴族籍をリンドン伯爵家で用意すると合意した。

その際に自分の跡目のことも交渉してきたのだから、流石は伯爵家当主だ。

エヴァリーナに味方が多いほうがいいに決まっているので条件を呑んで契約書を交わした。


とある日の、行為の後。

あまりの可愛さに何度も何度も抱いてしまったが、彼女に言わなくてはいけないことがある。

緊張で顔が見られないため、後ろから華奢な彼女を抱きしめると、相変わらずふわふわで柔らかく、しかし張りのあるすべすべした肌だ。

思わず下半身が元気になりそうになるが、グッと堪える。

これは勝負だ。運命の人《エヴァリーナ》と結ばれるための唯一の方法。

彼女との約束を破らずに求婚するにはこれしかない。

気を引き締めて、かつそれを悟られぬよう慎重に言葉を紡ぐ。

「なあ、俺と契約結婚しないか？」

「……え？」

驚いた彼女が腕の中から脱出して俺の顔を見る。

そのびっくりした表情が愛おしすぎて、つい笑ってしまい彼女の顎を撫でる。

「周りに結婚しろとせっつかれて五月蝿いんだ。エヴァリーナは、隣にいるだけでいい。その代わりに淫魔として狙われているそなたを守ってやる」

嘘はついていない。

家令のセバスや騎士団の連中にも、侯爵家当主が未だ独身なのは要らぬ争いを生むから、早く身を固めろとお節介を言われている。確かに俺が結婚しないのなら、レオシヴェル侯爵家の遠い親戚までもが、次の侯爵になるべく狙ってくるだろう。

「で、でも。マティアスは、貴族でしょう。平民、ましてや淫魔の血が混じった私には務まらないんじゃ……？」

「貴族籍を用意するから問題ない」

彼女の蠱惑的な唇を親指でなぞり、キラキラ輝く薄紫色の瞳に問う。

しかしまだ気になることがあるようで、柔らかい唇が動かされた。

「契約期間はいつまで？」

「エヴァリーナが死ぬまで永遠に」

「分かったわ。あなたと結婚します」

……色よい返事に、胸が熱くなった。

たとえ契約結婚だとしても、俺を受け入れてくれた。嬉しくて、でもそれを悟られたくなくて息を止める。

お礼を言おうと口を開こうとした瞬間、すぅ〜と呑気な寝息が聞こえる。

今後の人生を決める大事な話の後に、直ぐ寝落ちした彼女に苦笑しながら、無防備な首筋にキスを落とした。

エピローグ

あの夜会で起きた事件から一ヶ月が経った。

まだまだ夏は続いているが、少しずつ日が短くなって涼しい日も増えてきた。

マティアスは王弟とその息子の事後処理で以前より更に忙しそうにしている。

けれども今日は、エヴァリーナのために休みをもぎ取ってくれた。

「エヴァリーナ、お待たせ」

「ううん。全然待っていないわ」

「行こうか。手を」

「ありがとう」

マティアスにエスコートされて馬車に乗り込む。

今は昼すぎで、これから二人でとある屋敷へ遊びに行くことになっている。

「緊張してきた。上手く話せるかしら」

「っふ。エヴァリーナでも緊張することがあるんだな」

「何よ！　当たり前じゃないっ」

「ははっ」

あれから、違法な奴隷商や人攫いの組織が崩壊し、それらに関わった人間が芋づる式に捕まっている。

余罪が多いことから、彼らの処遇についてはまだ裁判の結果は出ていないが、よくて生涯幽閉、悪くて斬首刑だとマティアスが言っていた。

国王陛下はその違法組織に王弟が深く関わったと、王国民に謝罪声明を出した。

そして改めて王国は奴隷を禁止しており、魔族も建国した当時から王国民の一員だと強調した。一刻も早く、魔族の地位向上に務めると述べたことは王国民に強い印象を与えた。

数日前に、エヴァリーナも被害者の一人ということで、国王陛下からの直筆謝罪文と大量の謝礼品が送られてきたのには驚いたけれど、これでやっと攫われる心配がなくなると晴れやかな気持ちになった。

「着いたな」

「うう、やっぱり緊張するわ」

「大丈夫。俺が一緒にいるだろう？」

「うん。頼りにしてる」

不敵な笑顔に自然と頬が緩む。今日は念願叶ってリンドン伯爵家を訪問することになっていた。

夜会での事件後ようやく日程が合い、リンドン伯爵と義姉のリカルダに会えるのだ。

（ドミニクおじ様が私の実父って本当なのかしら……）

幼い頃からリンドン伯爵のことは知っていたし、母とも仲がよくてよく食事に連れて行ってくれた思い出がある。

母が亡くなった後も、食堂で働いているエヴァリーナを気にかけて直接養子にならないかと誘ってくれたこともあった。

「よく来てくれた、エヴァリーナちゃん」

「エヴァリーナ様。お久しぶりでございます」

馬車から降りた二人を屋敷の玄関ホールで出迎えてくれたのは、もちろんリンドン伯爵とリカルダだ。

屋敷の中へ案内されると、ウォールナットの家具で統一された暖かみがある空間だった。至るところにリンドン伯爵の描いた絵画がセンスよく飾ってあり、流石画家として活動しているだけある。

革張りのソファに座って、淹れてもらったローズティーを味わいながら他愛のない話をしていると緊張が解れてくる。

その様子を察したリンドン伯爵が、改まってエヴァリーナに声をかけた。

「エヴァリーナちゃん。リカルダから聞いていると思うが……」

「はい」

相槌《あいづち》を打って、ごくりと喉を鳴らす。

リンドン伯爵もどこか緊張したような表情を浮かべていた。

「本当は私が。私が、君の実父なんだ」

「っ」

――やっぱり、そうだったんだ。

本人から聞くと重みが違う。物心ついた時から会っていたのに、どうして今まで教えてくれなかったのだろう。

動揺を隠せないでいると、隣に座るマティアスが、ぎゅっと手を握ってくれた。

「……今までずっと黙っていてすまない。これは彼女との約束だったんだ」

「約束、ですか？」

すると、リンドン伯爵が隣に座るリカルダに声をかけた。

「リカルダ。これから彼女の母親の話をするから、悪いが席を外してもらえるかな」

「嫌だわ」

「…………リカルダ」

「喋らずに静かにしているからお願い」

リカルダの必死の懇願を見て、困ったように眉を下げるリンドン伯爵。

それを見たエヴァリーナは、慌てて話しかける。

「ドミニクおじ様、私なら大丈夫です。夫であるマティアスも聞くのだし、義姉のリカルダ様も家族なのだから聞く権利はあるかと思います」

「エヴァリーナ様……っ！」

リカルダが子犬のような眼差しでこちらを見ている。

本当にリンドン伯爵のことが好きなのだろうなと苦笑いする。

「エヴァリーナちゃんがそう言うのなら、分かったよ。…………さて、話の続きだが。淫魔は強い力を人族へ与えられるということは、もう知っているかな」

エヴァリーナは、こくりと頷く。

するとリンドン伯爵が懐かしいものを思い出すかのような、穏やかな表情を浮かべた。

「君の母であるミリーナは、その能力のせいで、それはもう散々な苦労をしてきたようでね。だから後腐れない相手の夢に渡って食事をしていたらしい。そんな時、私の夢にも現れてくれて、子供ながらに彼女の美しさに驚いたよ。私の夢に誤って迷い込んでしまったけど、子供相手に食事を出来ないと嘆いていた。けれど話しているうちにすっかり打ち解けて仲良くなった。そして彼女がこう言ったんだ」

――私もあなたみたいな可愛い子供が欲しいと。だが今後一切結婚をするつもりはないとも。

「だから恥ずかしいんだがね、純粋な子供だった私は彼女に、自分が大きくなったら結婚しなくてもいいから一緒になって子供を育てようと言ったんだ」

「――……っ」

母たちも夢で出逢っていたんだ。

食堂で働いている最中に客として来たドミニク伯爵と出逢ったのかとずっと思っていたから、意外な事実に目を丸くする。

「大人になると現実で彼女が逢いに来てくれて驚いたよ。それにミリーナは子供の頃と変わらずに若々しい姿で、淫魔と聞いて納得したくらいだ。そこで彼女と約束を交わした」

――子供はミリーナ一人で育てる。一緒に生活すると淫魔の力を譲渡してしまうから結婚はしない。私が父親として名乗ることも極力控えてほしいが、自分が先に死んでしまったら子供のことを見守って助けてあげてくれと。

「ミリーナは自分勝手だろう？　でも私も初恋の人だったから、彼女との子供が欲しかったんだ」

まさか母が結婚しなくとも子供が欲しいと思っていたなんて。でもちょっと両親の恋愛事情を聞くのは複雑かも。

そう思っていると、その気持ちが伝わってしまったのかリンドン伯爵が苦笑いをした。

「すまない。子供としてはあまり聞きたくない話だったかな。ともかく何を伝えたかったと言うと、彼女はエヴァリーナという愛おしい存在を残してくれた。父親として何も出来ていなかった私に、こんなこと言う資格がないことは分かっているが……」

――君を心の底から、ずっと愛しているよ。生まれて来てくれてありがとう。

今まで父親にはあまり関心がなかったけれど、こうして自分が望まれて生まれたことが分かり、嬉しくて鼻の奥がツンとする。

（いつの日だったか、私が生まれてしまったせいで、女手一つで育ててくれた母の負担になっていないかと心配になった日もあった。でも、そんな心配は杞憂だったのね……）

何故そこまで頑なに母が結婚したくなかったのか分からないけれど、もしかしたらリンドン伯爵の寿命を伸ばして、人生を狂わせたくなかったのかもしれない。

案外二人は両想いだったのかもしれないなと、亡き母を想った。


リンドン伯爵邸を後にして、二人は再び馬車に乗り、次の目的地へと向かう。

なんだかぼうっとしてしまって、隣に座るマティアスの肩に甘えるようにもたれる。

彼はエヴァリーナの白金の髪に指を通して、しばらく繰り返し撫でてくれた後に、少し掠れた声で紡いだ。

「もしも……」

マティアスの低い声を堪能するように、瞼を閉じて小さく頷く。声の振動が肩から伝わってきて落ち着く。

「もしも本当に寿命が伸びたとしたら、領地でのんびり隠居生活をしよう。エヴァリーナとなら旅をしても面白そうだ」

「うん。私たちは離れない。ずっと一緒よ。永遠に――」

途端に顎を掬い取られて持ち上げられて、目線が交差すると鼻の先にキスを落とされる。

エヴァリーナを見つめる金色の瞳が蜂蜜のように甘く蕩けていて、ああ幸せだなと胸が熱くなった。

「一緒に居られる日は、必ず同じ時間を過ごそう。今日これからも片時も離れたくない」

「ふふ。お仕事がない日はずっと一緒にいられるわね」

一人でいる時間も嫌いじゃないけれど、二人で過ごすともっと楽しい。

そんなかけがえのない日々を。これからも、いつまでも。

「ほら、着いた。行こう」

「うん」

辿り着いたのは、貴族街の噴水広場。手を繋いで、二人一緒に歩む。

ここはマティアスと初デートの日に来た思い出の場所だ。

元々建国物語に出てくる歴史のある泉があった地で、そこで出会った初代両陛下が結ばれたことから、愛の泉とも呼ばれる。

この泉に初代王妃陛下がいるような気がして、二人の願いを叶えてくださったお礼をしたかったのだ。

噴水広場は相変わらずカップルで溢れていた。

その人混みに紛れて二人は、噴水向かって両手を顔の前に組み、瞼を閉じて想いを伝える。

（初代王妃陛下のサナ様。願いごとを叶えてくださりありがとうございました。記憶を取り戻したおかげで毎日彼から愛の言葉をいただいています。これからも二人仲良く生きて

いきますね）

心の中で感謝の気持ちを伝えると、ふんわりと柔らかい風が肌を撫で、エヴァリーナを包んだ。

目を開けた瞬間、瞬く精霊の光が宙に舞った。噴水広場がたくさんの精霊の光に照らされて、まるで二人でした結婚式の再現のようだ。

人生で二度も精霊を見られるなんて、なんという幸運だろう。

周りからも驚きと感嘆の吐息が聴こえてきて、きっと精霊たちがサナの代わりに答えてくれたんだと漠然と思った。

目を丸くしたマティアスと顔を見合わせて微笑み合った。

＊　＊　＊

――夢の中の世界。

湖畔に咲くかすみ草の花畑の中にある、真っ白なカーテンがついた天蓋付きのベッドの中に一糸纏わぬ二人がいた。

事後特有の気怠さを纏った素肌のエヴァリーナを、後ろからマティアスが抱きしめながら寝転がっている。

「ねえ、マティー」

「どうした？」

マティアスの声耳に触れる吐息が擽ったい。

でもエヴァリーナには言わなければならないことがある。

「いくら片時も離れたくないと言っても。……夢の中まで、そのっ」

「ん？」

「夢の中でまで、肌を重ねなくてもいいんじゃない⁉」

現実でも、散々寝室のベッドでどろっどろに溶かされて、疲れ果てて寝たのに。

まさかまた、子供の時みたいに夢が繋がってしまうなんて思いもしなかった。

「でもリーナが俺の夢に渡ってきたんだろう？　そなたと一緒に居たら触れたくなるに決まってる」

「確かに無意識で夢見の力を使ってしまったのは私だけど。寝る前もあんなにしたじゃない！」

それも子供の頃に遊んでいたこの湖畔の夢景色で、青空の下で致すなんて。

他に誰もいないのが分かっていても恥ずかしくて堪らなかった。

「だってさ。もっとリーナを甘やかして、俺なしじゃないと生きていけないようにしたい」

「何言ってるの。私は既にマティーがいないとダメになっているわ」

唐突に体勢が変わって、マティアスが上に覆いかぶさる。

彼が「本当に？」と確かめるような表情で覗き込んでくる。

「ふふ。もうマティーがいない人生なんて考えられない。依存しすぎないように、絵画という趣味を頑張っているのよ」

「確かにリーナは、絵が上手になってるもんな。結婚式の様子を描いた絵も見事だった」

「ありがとう」

顔の横に肩肘ついて、もう片方の手で褒めるように頬を親指で撫でてくれる。

それが気持ちよくてマティアスの大きな手のひらに擦り寄った。

「俺としては、リーナが依存してくれたほうが嬉しいけど。絵を描いている姿も好きだ」

穏やかな表情でそうやって言ってくれるのは嬉しい。

けれど、太腿に当たっている熱くて硬いものの存在感が強くて、どうにも話が頭に入ってこない。

「…………ねえ、マティー。これは一体?」

「ん?」

優しげな眼差しにきゅんと胸が弾むけれど、ちょっと待ってほしい。

その手は何故エヴァリーナのくびれを伝って下へ下へと降りていっているの。

「――もう、出来ない。マティーの食べすぎで、お腹いっぱいだってば！　……ひゃッ」

長い指で秘部を縦になぞられたかと思えば、未だぷっくりと膨れた花芯を人差し指と中指でぎゅむっと摘まれる。

そのまま擦り上げられて、胸も揉みしだかれたら、散々彼に教え込まれた官能が引き出されていく。

「ふぁ、んんッ」

「なあ。俺はまだリーナを甘やかしたい。ダメか……？」

マティアスに懇願されるように言われたら、快感も相まって、さっき言った自分の言葉があっという間にひっくり返る。

だけど一瞬で負けたような感じがして悔しくて、唇を尖らせてしまうのは仕方がないと思う。

「………来て、マティー」

ぐずぐずに蕩けた蜜口に、散々吐精したはずなのに元気な熱棒があてがわれる。

二人の体液が混ざり合っているせいで、すんなり滑り込んで奥まで収まったそれに、吐息が漏れる。

「愛してる、リーナ」

「んっ。私も、愛してるわ」

愛と快楽から生み出される切なくて甘い声は、彼とのキスに混ざって溶けていく。

繋がれたこの手は、決して離しはしない。

夢にまで見た幸せな結婚生活はこれからも、ずっと続くのだ。

エヴァリーナは、彼の甘すぎる溺愛に酔いしれながら、満ち溢れた笑みを浮かべた。

この愛は、永遠に——。

番外編　蜜月はとびきり甘く

木の葉が黄金色に染まり始めた秋のある日。

突然マティアスから大事な話があると呼び出された。

「リーナ、俺たち蜜月旅行《ハネムーン》に行かないか？　結婚当初は気持ちを充分に伝えられていなかったから挽回したいんだ」

「わあ……っ！　ぜひ行きたいけど、お仕事は大丈夫なの？」

「一ヶ月の休みをもぎ取っている。このために仕事を終わらせて来たから問題ない」

「い、忙しくしていたのは、お休みを取るためだったのね!?　マティー、そこまでしてくれてありがとう。とても嬉しいわ……っ！」

気持ちを充分に伝えられなかったのは、幼いエヴァリーナとの約束のせいだというのに、挽回したいだなんて……。そんなマティアスの想いが心の底から嬉しい。

このところエヴァリーナも侯爵家の女主人の仕事を教わるために忙しくしていたので、最近はマティアスとの時間も取れずすれ違うことが多かったのだ。

一ヶ月もの長い時間を彼と共に過ごせるとは、蜜月旅行が楽しみで仕方がなくなる。出発までの一週間は、侍女のジョゼットたちと一緒に荷造りをして過ごした。

そして、出発の日。朝陽が昇ると共に王都を出発した二人は、一日かけて馬車を走らせ、レオシヴェル侯爵領の観光地リーベンタールにやってきた。

火山に挟まれたこの街は、温泉が有名で保養地として名を馳せている。

自然豊かな山の中にある別荘が、今回の宿泊地だ。

侯爵夫妻が蜜月旅行に利用したとなれば、観光地に箔も付くので、目的地を自領に決めたのだとか。どんな時でも自領に有益になる選択をするマティアスを誇らしく思う。

別荘に着いた頃には、すっかり夜になっていた。

案内された二階は、ワンフロア全て夫婦が過ごす部屋になっており、エヴァリーナとマティアスのそれぞれの部屋と、その中央にある続き部屋にはベッドルーム、リビングダイニングルームがあった。

マティアスと一緒に部屋を見て、胸を弾ませる。

「こんなにも素敵な場所で過ごせるなんて夢みたい。とても広いし、それに内装もどこか新しいような……」

「実はリーナと結婚した時に、いつか一緒に来たくて内装を作り変えていたんだ」

「えっ⁉」

そんなに前から旅行を計画してくれていたのだと知って、マティアスからの一途で深い愛情に触れた気がした。

「驚くのはまだ早い。リーナが喜びそうなものも用意している」

マティアスがベッドルームのカーテンを開けると、そこには広いバルコニーがあり、大理石造りの露天風呂が備え付けられていた。

「もしかして、温泉なの⁉」

「源泉掛け流しだ」

意気揚々とバルコニーへ出ると、勢いよく流れるお湯の音が響く。湯気が立っていて、浴槽には真っ白なお湯が注がれていた。

「リーベンタールに滞在している間、温泉に一度は入ってみたいとは思っていたけれど、まさか別荘にあるなんてすごいわ……っ！」

振り返ってマティアスに感動を伝えると、優しい眼差しで頭を撫でられた。

「女主人としての仕事も覚えがいいと、家令のセバスが褒めていた」

「まあ、本当に？」

「――今夜から一ヶ月間、いつも頑張っているリーナを存分に甘やかすと決めている。どうか覚悟してくれ」

「っ」

いつも甘やかしてもらっているのに、もっとなの……っ⁉

唖然として固まっていると、マティアスは部屋の中を見るなり、肩を抱き寄せて来た。

「ディナーの支度が整ったようだ。まずは腹ごしらえをしようか」

「ええ」

美味しいディナーを終えて、リビングルームのソファでゆっくりと過ごしている……の、だけど……。

「どうして私は、抱っこされているのかしら……⁉」

マティアスの膝の上に抱きかかえられたエヴァリーナは、顔を赤くして小さく叫んだ。

「どうしてって、甘やかすと宣言しただろう。それとも、こういうのは嫌なのか……？」

「うっ、嫌じゃないけど……」

「ならよかった。ほら、甘いものでも飲んで機嫌を直してくれ」

マティアスは長い手を伸ばして、サイドテーブルに用意されていたグラスを手に取る。

グラスの中には、深い琥珀《こはく》色の液体が入っていた。

「それは……？」

「蜂蜜酒《はちみつ》だ」

「あっ……」

蜜月の間、滋養強壮にいい蜂蜜酒を毎日飲み、子作りに励むという貴族の風習があることを思い出した。

つまりは、きっと誘われているのだろう。

――これから毎日、マティアスと……。

特にマティアスが多忙な生活を送っていたから、一週間ぶりの営みとなる。夢も繋がらず、これほどすれ違っていたのは久しぶりで、エヴァリーナの胸に期待が走った。

黄金色の瞳を見上げれば、熱視線が返ってくる。そして彼は手に持つグラスを傾けて口に含むと、エヴァリーナの頭を引き寄せた。

唇が重なると舌を捻り込まれ、その隙間から蜂蜜酒が流れ込む。

濃厚で甘い蜂蜜の味が口の中いっぱいに広がる中、彼の舌が絡んで頭がくらくらした。

思わず液体を嚥下すると、またマティアスは何度も蜂蜜酒を口移しで飲ませてくる。

「ん……は……っ、マティ……！」

思わずエヴァリーナは、甘いお酒と、美味しいマティアスの精気に酔いしれる。

すると、いつの間にか逞しい身体にしなだれかかっていて、ピンク色の瞳で彼を乞うていた。

熱い口付けを交わしながら、エヴァリーナのドレスに手が掛かり脱がされていく。

素肌になると唇が離れ、マティアスは片頬に笑みを浮かべた。

「俺のリーナ。君を味わわせてくれ」

エヴァリーナは返事をするように、マティアスの首に抱きつく。すると彼はエヴァリーナを横抱きにしたまま、ソファから立ち上がった。

マティアスの足が向かったのは、先ほど見たバルコニーで……。

てっきりベッドに行くと思っていたエヴァリーナは突拍子もない声を上げた。

「マティー、まさか……」

――夜空の下、ここでするの……っ⁉

彼はエヴァリーナを、大理石の浴槽の中に下ろす。

とろりとした温泉に身を沈めると、長時間移動して凝り固まった身体が解されていく。

「あったかいわぁ……」

状況も忘れて心安らいでいたら、服を脱いだマティアスが湯の中に入ってきた。

二人入ってもまだ余裕のある大きさなのに、彼はエヴァリーナにくっついて、背後から抱きしめてきた。

湯の中で素肌同士が触れ合うと、滑りがよくて気持ちがいい。

「初めての温泉をマティアスと一緒に浸かれて、幸せだわ」

「リーナ、そんなに愛おしいことを言われると……。甘やかすつもりが、貪り尽くしたくなるだろう?」

「え?」

片頬を掬い上げられ、上から唇を塞がれる。次第に口付けが深いものになり、お腹の奥が疼いてしまう。

その瞬間、艶かしく内腿を撫でられたかと思えば、蜜口に指をあてがわれた。

「――ひゃっ」

唇が離れると、マティアスは意地悪い表情で口を開いた。

「これはとろみのある湯ではなく、リーナの蜜じゃないか？　なんだ、やはりそなたも俺に貪り尽くされたかったのだな」

「あっ、マティー……ダメ、誰かに聞こえちゃう……」

小声で訴えるも、マティアスに浅いところに指を挿し入れながら上壁を擦られると、お湯が波立って羞恥心が芽生えた。

「相変わらず愛しのリーナは、キスだけでこんなにも滴っていやらしいな。だが安心して善《よ》がるといい。この別荘の周りに民家もないし、人払いもしてある」

「そんな……ひゃっ」

腰を持ち上げられ、浴槽の縁《ふち》に下ろされる。エヴァリーナの足が広げられると、マティアスの綺麗な顔が近づく。

「っ、マティ、こんなところで……ああっ」

花芯を唇で挟まれて、勢いよく舐め吸われる。そして蜜壺の中に二本の指が沈められ、突然の直接的な刺激に襲われたエヴァリーナは、その強い快感に眩暈がした。

夜空には星が瞬いている。バルコニーとはいえど、ここは紛れもなく屋外だというのに、一気に絶頂感が近づいてきてしまう。

「ふ、あっ……ダメ……っ」

口に手を当てながら我慢するけれども、相手は自分よりもエヴァリーナの身体を知り尽くしたマティアスなのだ。

花芯を舐《ねぶ》られながら、指を曲げて上壁の善いところを擦られてしまえば、ひとたまりもない。

「イッ、イッちゃ……ひゃあっ⁉」

つま先を丸め、背中を弓なりにして絶頂の衝撃から耐えようしているというのに、マティアスの愛撫は激しくなる一方である。

「ああああ――っ」

エヴァリーナが深く絶頂した途端、勢いよく潮が噴き出た。マティアスの顔は秘所から離れ、エヴァリーナが達す様子を慈しむような眼差しで堪能している。

そして、絶頂の波が収まらぬ中、花芯を親指でグリグリと押されてしまえば堪らない。

「待っ、マティー……！　まだ、イッて……――ひゃあッ」

中が収縮してうねってまだ中にある指を締め付けるが、そちらの抽挿も再開した。

序盤から、激しくも甘い責め苦にエヴァリーナは身悶えることしか出来ない。

「はあ。そなたは、どうしてこんなにも美しいんだ。愛おしくてタガが外れてしまう」

「んぅっ」

首筋に顔を埋めるとそこを強く吸われ、時折甘噛みも繰り返した。

マティアスの激情を一身に感じて、胸がいっぱいになる。

前戯の時点で、既に貪られ尽くしている感があるけれども、エヴァリーナは最愛の人に求められる幸福感に包まれた。

するとと次第に、蜜壺の奥が切なくなる。

（――愛しい私のマティアスを食べたい）

そんな衝動に駆られたエヴァリーナは、抽挿するマティアスの手首を掴む。

「なんだ？　止めてやれないぞ？」

「ちがっ……！　私も、止めてほしく、ないけど……そろそろ、あなたが欲しい」

「っ、リーナ。君は……」

「ひゃっ」

マティアスは堪らないとばかりに、前髪を掻き上げて熱っぽい息を吐きながら、エヴァリーナの腰を持ち上げ、縁から下ろす。

再び浴槽の中に足が浸かると、夜空の見える外側の縁に手を付くように言われた。

「俺が欲しいんだろう？　もっとお尻を突き出して」

「あ……恥ずかしい……っ」

エヴァリーナがまごついていたら、マティアスは腰を掴んで持ち上げてしまった。

「いい眺めだ」

「あ、あぁあ……っ！」

とっくに先走りが出ていた硬い熱棒が蜜口に触れて、奥へ奥へと進んでいく。

求めていた質量に蜜壺が歓喜し、最奥まで挿《はい》っただけで軽く達してしまった。

「く、中がうねって締まる……。俺がそんなに美味いのか？」

「っん、美味し……っ！　私が食べたいと思うのは、マティーだけよ」

振り返ってみれば唇が触れ、濃厚なキスからも蜜壺からも、マティアスの魔力の含んだ美味しい精気が流れ込んでくる。

「なら、俺を存分に味わうといい」

唇が離れるなり両手首を後ろから掴まれて、激しい抽挿が始まる。

「ひゃ、あ、あ、あ……ッ」

最奥を目がけて突いてくる熱棒が内側のひだに絡み、頭が真っ白になるくらい強い快感が襲いかかる。お湯は抽挿のたびに波打ち、水音が辺りに響く。

目の前には美しい星空が広がる屋外だというのに獣のように交じり合い、嬌声を堪えることは出来ない。

「んぁっ、マティ……。っ、ダメ……気持ち、よぎて……っ、声が……」

「我慢しなくていいって言っただろう。どうか、気絶寸前まで、俺を求めてくれ」

「そんな……っ、ひゃん……」

手首を離されたかと思えば、今度はウエストに両手を置かれ、そして――。

「俺としたことが、久しぶりでがっついて、こちらを可愛がるのを忘れていた。こんなにもぷっくり膨れて、触ってほしそうに膨れていたのに。すまないな」

「待っ、今触られたら――」

胸を揉みしだかれて、次第に両先端を摘まれてしまえば、更なる高みへ昇っていく。

両先端を転がせられながら、最奥を突かれ続けるとエヴァリーナの口から一際甲高い声が出た。

「あっ⁉　もうダメ……マティー、イッちゃ……‼」

「俺も、もう……」

胸の両先端を引っ張られながら強く摘まれた瞬間、視界に白い光がチラつく。

「イク、あああぁ――ッ」

「リーナ、俺のエヴァリーナ……愛している……ッ」

強く腰を打ち付けられたら、深く絶頂した。気持ちいい快感が全身に広がり、ガクガクと身体が震える。

そして間も無く、蜜壺の最奥にマティアスの子種が注ぎ込まれ、甘く痺れるほどの一際美味しい精気に歓喜した。

けれども直ぐにエヴァリーナの腰から力が抜けて、崩れ落ちるところをマティアスが受け止めてくれる。

「すまない、無理させたか」

途端に、先ほどまでのマティアスの勢いは削がれ、心配そうな表情で黄金の瞳を揺らした。それを見て、エヴァリーナはくすりと笑って、彼の膝の上に跨って抱きつく。

「まだ大丈夫。今夜は気絶寸前まで愛してくれるのでしょう？」

「勿論だ」

「それなら、私も。愛おしいマティーを求め続けるわ」

「ありがとう、リーナ」

エヴァリーナは、未だ昂る熱棒に腰を沈め、二人は再び繋がる。

今度は口付けを交わしながら、愛を紡ぎ合う。

心まで深く結ばれる交合は、幸せすぎて時折切なくなる。マティアスと過ごすたびに好きだという気持ちが今よりずっと大きくなり困ってしまう。

彼を愛する気持ちはどこまで膨れ上がっていくのだろう。

――美しい星空の中、営まれる行為はどこか背徳的で、淫靡な気分にさせられた。

そしてベッドに移動した後は宣言通り、気絶するまで溺愛され、身も心も満たされた。


それからというと、エヴァリーナは二週間もの間、別荘に篭りっぱなしで出られず、三週間目にマティアスに懇願して、なんとかやっと外に出られた。

身体中、所有印と噛み跡だらけで呆れ返ったけれど、それでもどこか嬉しくて心が擽ったい。

蜜月旅行の最終週になると場所を移し、領都へ。滞在先はカントリーハウスであるレオシヴェル城だ。到着するなり使用人たちが出迎えてくれて――。

なぜかエヴァリーナは、レースで彩られたハイネックのウェディングドレスを着せられていた。

「奥様……！　麗しすぎて、女神の化身のようです！」

「ありがとう。……でも、あの、どうしてこんな格好をしているのか、そろそろ教えてくれないかしら……？」

　ヘアメイクまでしてくれた侍女らに問いかけたその時、扉が開かれてタキシード姿に変身したマティアスがやってきた。

　前髪を後ろに撫で付けて、正装しているマティアスは眩しいくらいに輝いている。

「マティアス……？」

「……あまりに綺麗で、言葉にならないな」

　勘違いじゃなければ、自分の姿に見惚れてくれているみたいで、思わず顔が熱くなる。

「さあ、俺のリーナ。手を」

　差し出された手に自らの手を置けば、甘く微笑まれた。

　ウェディングドレスを着せられた時から、頭によぎっていた想像が正しいのではないか。

この状況に、そんな期待がエヴァリーナの中に浮かぶ。

「っ！」

　部屋を出るなり、廊下の両端に立つ使用人が薔薇の花びらを上に投げ始めた。

　フラワーシャワーを浴びながら歩いていくと、外に繋がる両扉が開き、歓声が上がる。

　華やかに飾り付けられた庭園には、侍女のジョゼットをはじめとして、リンドン伯爵とリカルダ、バルドゥル騎士団長らが、笑顔でそこにいた。

ただ一人、家令のセバスだけは号泣していて、侯爵家に来た日を思い出す。

「これは……っ」

「結婚式は二人で執り行ったが、披露宴はやっていないからな」

「マティー……っ！」

あまりに嬉しいサプライズに、感極まってマティアスの胸に抱きつくと、耳元で囁かれた。

「本当はリーナを誰にも見せたくないが、そなたはこういう催しが好きだろう？」

「ええ……っ！」

涙が込み上げて来るけれども、マティアスに向かって何度も頷いた。

「私と結婚してくれてありがとう。幸せすぎて、私……っ」

「俺も、幸せすぎてどうにかなりそうだ」

目の縁にキスを落とされると、マティアスにエスコートされて、皆に挨拶をしに行く。

皆で乾杯し、盛大に祝福された、今日のことは一生忘れることはないだろう。

「リーナと巡り会えた奇跡に、いつも感謝している。決してそなたを逃さない」

「ふふ。どうか、これからの未来も、幸せな光で満ち溢れていますように」

祈るように目を瞑ると、すかさず唇を塞がれた。その瞬間、囃し立てるように声援が上がり、唇を離した二人は額を合わせて笑い合う。

この幸福に満ちた光景を噛み締めながら、改めてマティアスと結ばれた運命に心から感謝した。

――愛し愛された二人の間に、新しい命が宿ったことを、女神だけが知っている。

あとがき

初めまして、こんにちは。ｙｏｒｉと申します。

このたびは『私を助けてくれた脈なしセフレ騎士様と契約結婚したら何故か甘くなって溺愛してきます』をお手に取ってくださり、誠にありがとうございます！

この作品は、〈第7回ムーンドロップス恋愛大賞コンテスト〉にて「竹書房賞」を拝受し、書籍化の機会をいただきました。いつも、一読者としてムーンドロップス文庫を楽しんでいたので、大好きなレーベルで出版できることが今でも夢のように思います。

本作、絶対に両想いになりたい淫魔ハーフヒロイン・エヴァリーナと、頑なに愛だけは囁かない訳あり騎士ヒーロー・マティアスのお話はいかがでしたでしょうか……？

書籍版は、編集担当様からのご指導で本文が読みやすくなった他、書き下ろし番外編も収録していますので、既にムーンライトノベルズ掲載中のWEB版をお読みの方も、お楽しみいただける……と、いいなぁと思っております！

書き下ろし番外編は何を書こうかなと少し悩んだのですが、どうせならハッピーエンドのその後、とびきり幸せそうな二人を書きたいと思いハネムーンにしました。番外編後も二人は人生を終えるその日まで、ずっとイチャイチャと仲睦まじく暮らすことでしょう。

さて、本作のテーマは、淫魔より絶倫なヒーローでした……！

とても不純な動機で書き始めましたが、初恋を拗らせて律儀に約束を守るマティアスが健気で愛おしく、好きな人限定で淫魔らしく大胆で積極的なエヴァリーナに翻弄される図は、とても楽しく書けました。

そんな二人を非常に魅力的に描いてくださったちょめ仔先生、本当にありがとうございました！　エヴァリーナの可憐だけど淫魔らしい色香が漂う雰囲気ですとか、マティアスのクールな印象なのに彼女を想っている表情が素敵で、イラストが上がるたび、歓喜に震えていました！　恐れ多くもいつかご一緒したいと願っておりましたので、こうしてご縁をいただけて幸せです。

最後になりますが、本作に関わる出版関係者の皆様、ＷＥＢ版から応援してくれた読者の皆様、そして今あとがきまで読んでくださっているあなたに、心より感謝いたします。

願わくはまた、どこか別の作品でお会いできますように。

２０２４年９月　ｙｏｒｉ　拝

口を開けば罵詈雑言の天才魔術師が、
甘く優しく私を抱くなんて……
これって呪いのせい!!?

ひねくれ魔術師は今日もデレない 愛欲の呪いをかけられて①

佐藤サト［漫画］／まるぶち銀河［原作］

「甘いささやき 優しい愛撫……これって呪いのせい、だよね？」 天才魔術師がキャラ変!? ★第４回ムーンドロップス恋愛小説コンテスト最優秀作

原作小説も絶賛発売中！

美しく冷酷な魔王様
人間の騎士を男妾に迎えるけれど……

女魔王ですが、生贄はせめてイケメンにしてください①

三夏［漫画］／日車メレ［原作］

「陛下、ご奉仕させていただきます」
「私は男を翻弄する残酷な魔王……のはず」
どんな要求にも喜々として応じるワンコ騎士×ビッチぶっていても実は奥手な女魔王

原作小説も絶賛発売中！

「俺がその復讐に協力してやるよ」
上司によるセックス指導!?

処女ですが復讐のため上司に抱かれます！①

あまみやなぐ子［漫画］／桃城猫緒［原作］

「チーフ、練習なのに気持ち良すぎです…」
復讐を誓った天然処女 OL ×実は●●な敏腕チーフ
★第 10 回らぶドロップス恋愛小説コンテスト優秀賞受賞作★

原作小説も絶賛発売中！

ムーンドロップス＆蜜夢文庫作品
コミカライズ版！

〈ムーンドロップス〉〈蜜夢〉の人気作品が漫画でも読めます！
お求めの際はお近くの書店または電子書店にて。

17歳年下の魔王様と結婚しました！
少年魔王と夜の魔王
嫁き遅れ皇女は二人の夫を全力で愛す①②
小澤奈央［漫画］／御影りさ［原作］

〈あらすじ〉
剣と筋肉を愛する大帝国アルセンドラの第一皇女ユスティーナは、24歳になっても縁談がない。ある日、魔界から帝国に「皇女を7歳になる魔王ハルヴァリの妃に所望したい」という書状が届く。8歳の第二皇女に対する求婚かと慌てる両親に、ユスティーナは自分が嫁ぐと申し出る。魔王の城では、幼く愛らしい魔王ハルヴァリと彼の補佐官だという逞しい美丈夫レヴィオがユスティーナを待ち受けていた。

原作小説も絶賛発売中！

夜の幣殿で行われる秘密の儀式とは…？
溺愛蜜儀
神様にお仕えする巫女ですが、欲情した氏子総代と秘密の儀式をいたします！①
むにんしおり［漫画］／月乃ひかり［原作］

〈あらすじ〉
「結乃花の泉に俺の××を注ぐ。それが今夜の儀式だよ」。七神神社のパワースポット"伝説の泉"が突然枯れ、以来、神社では不幸な出来事が続けて起きた。泉を復活させるには、神社の娘・結乃花と氏子総代の家柄である唯織が秘儀を行う必要があるという。唯織は結乃花が9年前に振られた初恋の相手。秘儀の夜、結乃花の待つ神殿に現れた唯織は、危険なオーラを放っていて——。

原作小説も絶賛発売中！

ムーンドロップス作品
コミカライズ版！

〈ムーンドロップス〉の人気作品が漫画でも読めます！
お求めの際はお近くの書店または電子書店にて。

治療しなくちゃいけないのに、
皇帝陛下に心を乱されて♡

宮廷女医の甘美な治療で
皇帝陛下は奮い勃つ

三夏［漫画］／月乃ひかり［原作］

〈あらすじ〉
田舎の領地で診療所を開く女医のジュリアンナ。おまじないのキスでどんな病気も治すという彼女のもとにクラウスという公爵が訪れる。彼から、若き皇帝陛下・クラウヴェルトの“勃たない”男性器の治療をお願いされてしまった！　戸惑うジュリアンナに対し、皇帝陛下は男を興奮させるための手ほどきを…!?

孤立無援 OL が憧れの部長の花嫁に
ここは、私の願いが叶う世界

異世界で愛され姫になったら
現実が変わりはじめました。上・下

澤村鞠子［漫画］／兎山もなか［原作］

〈あらすじ〉
真面目で負けず嫌いな性格ゆえに、会社で孤立している黒江奈ノ花。そんな彼女の心の支えは、隣の部の部長・和久蓮司の存在。ある日、先輩社員の嫌がらせで残業になった奈ノ花は、癒しを求めて和久のコートを抱きしめている現場を本人に見られる！　その夜、恥ずかしさと後悔で泣きながら眠りに落ちると、なぜか裸の和久に迫られる夢を見てしまい…!?　夢の中で奈ノ花は、和久そっくりなノズワルド王国の次期王・グレンの婚約者になっていた！